官商鬥法

第二輯

之 5

驚傳黑名單

目錄 CONTENTS

第一章

人間天堂

岳娟娟順著嘴唇脖子一點點的往下親吻，挑動了藍經理渾身的神經，他的身體忍不住扭動起來，看到岳娟娟已經輕解羅衫，便翻身而上，在不斷地起伏中，到達了人間的天堂，最後在舒暢和醉意中失去了知覺。

藍經理並沒有注意到身後這兩雙窺探的眼睛，他的心思完全都放在岳娟娟的身上。

他帶著岳娟娟就近找了一間酒店，衝進去開了房間，兩人跌跌撞撞的相擁著倒在了床上，岳娟娟擁住他的身子，嬌唇就堵上了他的嘴，他感覺到一陣愜意的眩暈，閉上眼睛享受著這一切。

岳娟娟順著嘴唇脖子一點點的往下親吻，挑動了藍經理渾身的神經，他的身體忍不住扭動起來，很想要將岳娟娟壓倒，便睜開眼睛，看到岳娟娟已經輕解羅衫，玉一般的身子完全映入了他的眼簾，便翻身而上，在不斷地起伏中，到達了人間的天堂，最後在舒暢和醉意中失去了知覺。

一夜無夢，醒過來的藍經理並沒有馬上就睜開眼睛，而是閉著眼睛愜意的吸了一口氣，空氣中有著岳娟娟身上好聞的膩香，心裏不禁感嘆昨晚真是銷魂啊。岳娟娟給了他這一生最好的一次享受，讓他知道做男人，原來是能享受到這麼大的快樂。

這種極品女人，哪個男人遇到了都是極爲幸運的，一會兒一定要跟她多廝混一陣子，最好是能夠跟她建立起一個長期的關係，也好多享受幾次像昨晚那樣的快樂。

想到這裏，藍經理不禁伸手往身邊摸去。

按照他的想像，岳娟娟此刻一定是在他身邊熟睡，他要趁機上下其手，再享豔福。

沒想到竟然摸了一個空，藍經理睜眼一看，身邊空無一物，岳娟娟竟然不在床上。

藍經理愣了一下，這個女人哪裡去了？難道去了洗手間？便喊道：「娟娟，別這個樣子，都不陪著我，你起這麼早幹嘛啊？」

房間裏靜悄悄的，並沒有人回答他，藍經理心裏有點納悶，岳娟娟是在浴室，還是已經離開了？

沒人回答他，估計是已經離開了。藍經理心裏有點失落，心想這個女人也真是的，走也不跟自己說一聲。

他有點不太相信岳娟娟就這麼離開了，便套上衣服，起床去洗手間看了一下，衛浴間裏也是空的，岳娟娟是真的走了。

藍經理伸了一下懶腰，岳娟娟雖然已經走了，他的身體還是能夠感受到那種舒爽。

藍經理洗了把臉，方便了一下。正在這時，房間門打開了，有人進來了。

藍經理心中一喜，一定是岳娟娟去而復返，便打開門，喊道：「娟娟，你……」

藍經理愣住了，進來的不是他的娟娟，而是一個有點年紀的男人。這個男人他見過，就是那天在推介會上跟他搭訕過的束濤。

見到束濤的這一刻，藍經理心中泛起了很多疑問，其中最大的疑問就是：束濤怎麼會有這個房間的鑰匙？其次，岳娟娟跟束濤是不是一夥的？第三個問題是，如果岳娟娟跟束濤是一夥的，那自己是不是中了束濤安排好的圈套了？

藍經理的心一下子沉到谷底，現在他不敢期望這幾個問題都有對他有利的答案，他知道自己必須往最壞的方面去考慮了。

藍經理看著束濤，說：「這一切都是你安排的？」

束濤點點頭，說：「怎麼樣，藍經理，昨晚娟娟小姐陪你盡興了嗎？」

藍經理惱火地說：「你，你……，你怎麼可以這樣子呢？」

束濤伸手拍了拍藍經理的肩膀，笑笑說：「先別急，昨晚我可沒幹什麼，幹了什麼的是你啊，藍經理。」

藍經理氣急敗壞的說：「這都是你設圈套害我的。」

束濤笑說：「你先別發火，你看你這衣衫不整的樣子，先把衣服穿好了再說吧。」

藍經理看了束濤一眼，此刻他確實穿著有些不雅，這要鬧起來，對他並不好，便去床邊把衣服穿了起來。在他穿衣服的過程中，束濤去窗邊的沙發上坐了下來，也不說話，只是微笑地看著他。

邊穿衣服，藍經理腦子飛快的思索著，束濤布下這個局，肯定是想從他這裏得到什麼，可是他想要得到什麼呢？中天集團投標海川舊城改造項目的標底？還是別的？反正不管束濤想要的究竟是什麼，藍經理心裏清楚今天這個局面是很難善了了。

穿好衣服後，他便坐到床上，對束濤說：「說吧，你想從我這得到什麼？」

東濤笑說：「聰明，不愧是中天集團的高管。既然你這麼爽快，我就不拐彎抹角了，我想請藍經理幫我一個忙。」

藍經理說：「什麼忙？」

東濤說：「我想瞭解一下你們中天集團的財務狀況，不知道藍經理能不能把中天集團真實的財務報表給我一份？我想看看。」

藍經理一驚，東濤的目標原來是這個啊，一個企業的財務報表通常是企業的機密，尤其是真實的財務報表更是企業的絕對機密，這是絕對不能洩露給競爭對手的。他叫道：「你妄想。」

東濤笑了，說：「我妄不妄想很難說啊，也許我是要求的有點過分了，但是你藍經理也許很願意給我看呢？」

藍經理斥喝說：「胡說八道，我一個財務經理，怎麼能把企業的財務報表洩露給你呢？我是一個有職業道德的人，絕對不會做這個事的。」

東濤笑了起來，說：「任何東西都是有價錢的，你現在說不想做，是因爲我還沒開出讓你這麼做的代價，等我開出了價錢，你就會改變主意的。」

藍經理堅決得搖搖頭，說：「我說不做就不做，什麼代價都不會做的。作爲一個財務經理卻出賣自己公司的財務狀況，傳出去，我在這一行就不要混了。」

束濤笑笑說：「真沒想到原來藍經理是這麼有道德水準的人啊。」

藍經理說：「你不用用這種口氣跟我說話，我知道我昨晚是跟那個岳娟娟行爲不檢了，那也只是我跟她的一夜情罷了，頂多我老婆知道之後會跟我吵幾句罷了，中天集團是不管這些花花事的，你想拿這個來威脅我，打錯算盤了。就是我老婆，她也知道我的風流個性的，不會當什麼事的。」

束濤看著藍經理，不禁鼓起掌來，說：「藍經理果然夠聰明，既然連這一層也能看得到，很好，我喜歡跟聰明人打交道，繼續說。」

藍經理覺得他已經打掉了束濤的最大籌碼，束濤應該沒戲可唱了，但看束濤的樣子，似乎是勝算在握，心裏就有些慌張，想到昨晚自己有一段時間是沒有記憶的，便看了束濤一眼，說：「你還對我做了什麼，不會是拍了我的裸照吧？」

束濤笑了笑說：「既然你連單位和你老婆都不怕知道你跟別的女人有關係，我幹嘛還要拍你裸照啊？」

藍經理說：「這倒也是，既然這樣，我想你就沒什麼可以威脅我的了，那我們的這次會面就到此爲止吧，時間也不早了，我還要去上班呢，你請吧。」

束濤搖了搖頭，說：「你這個人性子怎麼這麼急啊？事情到這裏還早著呢，你怎麼可以就這麼急著趕我走呢？」

藍經理看了看束濤，說：「我不知道還有什麼可以跟你談的。」

束濤笑笑說：「你沒有了是吧？」

藍經理說：「我沒有了。」

束濤說：「你沒有了我有啊，從進門開始都是你在說你的想法，現在既然你的想法說完了，是不是也該輪到我來談了？」

藍經理態度強硬地說：「不管你談什麼，我都不會聽的，你請離開吧。」

束濤笑了，說：「你這就不對了，你說話的時候，我都是耐心的聽著，怎麼輪到我，你就一點耐心都沒有了？再說，這個房間可是我花錢開的，要離開也是你離開啊。」

藍經理就站了起來，說：「既然這樣，那我走。」

束濤也不說話，笑瞇瞇的看著藍經理。

藍經理拿起隨身的物品就往門口走。束濤坐在沙發那兒，一句攔阻的話都沒有，就看著藍經理往外走。

藍經理走到了門口，見束濤一點都不攔他，心裏反而沒有自信了，他回頭看了看束濤，說：「我可真走了啊？」

束濤笑了起來，說：「你不怕後悔就走吧。」

藍經理的心沉了下去，這傢伙果然還有殺手鐗沒使出來，就怒視著束濤說：「姓束的，有什麼屁就趕緊放，別耍著我玩。」

束濤冷笑一聲，說：「藍經理，你這就不對了，你既然知道我不會就這麼輕易的放你離開，何必浪費腿腳往外走呢。你給我老老實實的回來坐著吧。」

藍經理知道自己是掉進陷阱的獵物，此刻不是他耍威風的時候，便走回床邊坐了下來，說：「說吧，你手裏還有什麼可以威脅我的東西。」

束濤笑笑說：「何必說威脅這麼難聽呢，我更願意把這看做是一筆生意。你看，我要給你的好處都給你帶來了。」

束濤說著，從沙發後面拿出一個皮箱，放到床上打開，裏面是一遝遝的鈔票，藍經理粗略看了一下數目，大約有上百萬。

看到錢，藍經理心裏反而有些放鬆下來，他是中天集團的財務經理，過手的錢數目都很大，這皮箱裏面的錢尚不足以讓他驚訝；而且束濤既然拿出錢來，說明他手裏並沒有什麼可以威脅自己的東西，只好用錢來做收買的動作。

想明白這一點，藍經理心裏暗自好笑，便看著束濤說：「你想要用錢來收買我？」

束濤點點頭，說：「你給我我想要的，這錢就是你的了。」

藍經理堅決的搖了搖頭，說：「我跟你講過了，我這個人是有職業道德的，絕不可能爲了錢出賣公司，錢你收回去吧。」

束濤火了，罵道：「姓藍的，你可不要敬酒不吃吃罰酒，什麼狗屁職業道德啊，你在學會計的時候，老師是不是叫你不要做假賬了？你敢說中天公司的賬目中沒有虛假嗎？你明明就是一副小人的嘴臉，在我面前裝什麼君子啊？」

藍經理現在心中有了底氣，他並沒有被束濤嚇住，反而跟束濤嚷道：「你對我說話客氣點，我是有原則的，我不能傷害公司的利益，何況，我就不願意跟你合作，你能拿我怎麼樣？」

束濤冷笑一聲，說：「說得多好聽啊，我是有原則的，我不能傷害公司的利益？你先摸摸你口袋裏那張銀行卡，問問自己，那卡是怎麼到你兜裏的，看看你還能不能把話說得這麼硬氣。」

藍經理的臉色一下子難看了起來，他說：「什麼，這張卡也是你事先安排的？」

束濤笑著點了點頭，說：「是啊，你就不想想，你什麼忙都還沒幫到仇冰，他怎麼會那麼大方送你銀行卡呢？」

藍經理慌忙把卡從衣兜裏拿了出來，扔到束濤面前，說：「這卡的錢我還沒動，我退給你不就完了嗎？」

束濤笑說：「已經晚了，你收卡的過程已經被錄了下來，現在就算你把卡還給我，我也可以把你收取賄賂的錄音寄給你們公司，到時候你就是跟林董講職業道德，林董怕是也不敢相信你了。」

「你……」藍經理指著束濤說：「你真是卑鄙啊。」

說完這話，藍經理已經面如土色了，他知道束濤算是找到他的軟肋了。

在一個公司來講，財務經理絕對是一個重要的角色，不是老闆信任的人是不能擔任這個職務的。如果他接受仇冰賄賂的錄音讓中天集團拿到的話，那他在中天的前途也就完蛋了。不只如此，在行內，他的名聲也完蛋了，等於在會計這行算是再無立足之地了。

束濤笑了笑，把那張銀行卡扔到了那箱錢裏面，然後對藍經理說：

「藍經理，我現在給你兩個選擇，一呢，是你把錢帶走，把中天財務的報表資料拷貝給我一份，我不說，中天也不會知道財務資料是你洩露給我的。就算他們知道了，你拿了這些錢，也能對自己有個保障。第二個呢，你不拿錢就離開，我甚至可以給你時間，讓你主動跟你們林董坦白這一切，然後我再把錄音寄給他，看看他還信不信得過你。這兩條路，你選一條吧。」

藍經理心裏很清楚，就算自己現在跟林董坦白，林董聽了他的坦白之後，也一定會對他心存疑慮的。他的財務經理位置一定會不保的。因此，他實際上是沒有第二條路可以選擇。與其這樣子被人懷疑，還不如收下這些錢。

束濤是對的，自己把財務資料給他，不一定就會有人知道是他做了叛徒，就算有人猜到了，他也拿到一筆錢來補償了。反正中天集團也不是他的公司，沒有必要爲了一點沒用的原則或者忠貞，就搭上自己的一生。

藍經理狠狠地瞪了東濤一眼，伸手去把箱子扣上了，然後拎到身邊說：「財務資料什麼時候給你？」

東濤老神在在地說：「這就看你啦，越快越好。東西反正是由你掌控的，最好是今晚就能給我。」

藍經理想了一下，說：「沒問題，晚上你等我電話吧。」

東濤笑笑說：「那我們合作愉快了。」

藍經理氣憤地說：「誰跟你合作愉快了，我跟你講，只此一次，我再不會幫你了。」

東濤點點頭說：「沒問題，你只要把你們公司真實的財務資料給我，我保證不會再來煩你的。」

藍經理又說：「再是我把資料給你的時候，你要把仇冰送錢給我的錄音帶還給我，我可不想讓你繼續拿著我的把柄。」

東濤保證說：「放心吧，我一定會還給你的。」

兩人就分了手，藍經理回中天集團拿財務資料，東濤則是回到海川大廈。

一進海川大廈，迎面正碰著傅華往外走。

傅華打招呼說：「束董，你剛剛出去辦事啊？」

束濤說：「是啊，傅主任這是要出去啊？」

傅華回說：「有個文件要去送一下。誒，看束董滿面喜色，你這次事情一定辦得很順利吧？」

束濤難掩心中的高興，事情確實是難以想像的順利，反正傅華也不知道他這次來北京的真實目的是什麼，便說：

「是很順利，我找到了一個投行的朋友，他說我們城邑集團上市很有希望，所以心裏特別的高興。」

傅華聽了，笑笑說：「那真是要恭喜束董了。」

束濤高興地說：「謝謝傅主任了，如果城邑集團這次真的能夠運作上市，少不了要常來海川大廈給你添麻煩了。」

傅華客套說：「這是說哪裡的話，麻煩什麼啊，我歡迎還來不及呢。」

兩人又寒暄了幾句，就分道揚鑣了。

傅華走出海川大廈，趕緊撥電話給丁江，他心中對束濤跟他講的事並不相信，他覺得束濤這麼高興一定是有別的原因，應該馬上跟丁江講一下。

丁江接了電話，傅華就把剛才的情形跟丁江說，丁江聽完，十分認同傅華的分析，可是他也猜不出束濤究竟在搞什麼把戲，這個悶葫蘆打不破，兩人也只好靜觀其變了。

晚上，傅華去趙凱家吃飯。

吃完飯之後，傅華跟著趙凱進了書房。

坐定後，傅華便說：「爸，小婷的事情真是叫你說中了，現在John不肯放手，小婷等於是被他纏住了，比起他們在一起的時候，小婷現在更加痛苦。」

趙凱看了傅華一眼，說：「你跟我說這個幹什麼？」

傅華苦笑著說：「爸，現在事情等於是僵在那裏了，您是不是能幫我們想個主意，讓小婷從這段關係裏面掙脫出來啊？」

趙凱不禁說道：「傅華，這個時候你跑來讓我想辦法啊？我記得當初就問過你，問你是不是想清楚了其中的利害關係，你告訴我想清楚了，既然想清楚了，你就應該有辦法解決眼前的困局啊。」

傅華有點尷尬的說：「如果我有辦法的話，也不會向您求助了。爸，小婷終究是您的女兒，如果能幫她的話，您還是幫她一下吧。」

趙凱笑了笑，說：「她是我女兒，這還用你告訴我啊？傅華，這件事你怎麼始終不明白呢？我不是不想幫自己的女兒，而是如果像你這樣子去幫了她，可能並不會得到一個好的結果。」

傅華更加尷尬了，說：「我承認這件事我是有點欠考慮，但是現在事情已經這樣子了，您就當是幫我收拾殘局，給我出個主意吧。」

趙凱面色嚴肅地說：「我說了你會聽嗎？」

傅華點點頭說：「您的意見我一向是很尊重的，只要你說了，我一定會聽的。」

趙凱說：「那好，你回去就把John從你家裏趕出去。」

傅華愣了一下，他看了看趙凱，想從趙凱臉上看出他是不是在開玩笑。

見趙凱神色很平靜，一點開玩笑的意思都沒有，他便苦笑了一下，說：「爸，John現在的樣子很可憐，我再把他從家裏趕出去，是不是有點不太人道啊？」

趙凱冷笑了一下說：「是啊，他可憐你就把他留在家中，小婷可憐，你就再三的來替她求我，你真是個大善人啊。」

傅華聽出了趙凱話中的譏諷意味，乾笑了一下，說：「爸，我不是想兩頭討好的意思，我這個時候把John從家中趕出去，似乎也無助於事情的解決啊？」

趙凱忍不住教訓說：「傅華啊，你知道你在這件事當中犯了什麼錯誤嗎?就是你這個人心太好了，對誰都不忍心，對誰都想幫忙。但是你也要知道一句老話，那就是善行不一定會結出善果，很多時候，善行也是能結出惡果的。你現在面臨的困局，就是善行結出的惡果。」

傅華困惑的看了一眼趙凱，說：「爸，我不太明白您的意思。」

趙凱說：「你不明白是吧，那我講給你聽好了。小婷跟John這段婚姻一開始爲什麼會成立，是因爲小婷覺得你對她照顧不夠，產生了逆反心理，才喜歡上John這種對女人百依百順的男人，這種男人只會哄女人開心，在女人喜歡他的時候，他對女人來說，就像是對女人百般呵護的賈寶玉，女人會覺得他是一個很好的男人。但是婚姻生活並不老是兩個人卿卿我我的，尤其是小婷，從小就是被人捧在手心裏的寶貝，別人寵她，她覺得是應該的，久而久之，她就會對此產生厭倦，反而會想起那些並不完全以她爲中心的男人，比方說你。小婷當初那麼迷戀你，就是因爲你並不寵她，你很有個性，這給了她新鮮感。而John這一點就比不上你了，小婷對他厭倦也是必然的。」

傅華說：「這個道理我明白啊，但是這跟您說的善行結出惡果有什麼關聯啊？」

趙凱緩緩說道：「有什麼關聯，我下面就會告訴你的。像你這種男人，在這社會上並不是太多，小婷想要再遇到你這樣子的人，機會並不大，反而像John那樣的男人很多，今後小婷再遇到的可能還是那種男人，所以就算小婷跟John分開了，她未來也不一定會幸福，說不定會陷入這樣一個惡性循環中，喜歡上一個人，很快就厭倦，再離開，再遇到新的男人。與其這樣，我倒覺得不如讓她跟John繼續在一起更好些。這也就是爲什麼我明明看出小婷想要離開John，但是我不給她這個機會的原因。我也知道她痛苦，但是我如果讓她離開了John，將來她可能更痛苦，所以我不想發這個善心。也許過幾年之後，她會習慣跟John的這種生活的。」

聽了趙凱的這番分析，傅華心中有點明白趙凱說的意思了，趙凱的意思是指他當初可憐趙婷所發的善心，帶給趙婷的不一定就是幸福。看來他確實把事情想得太簡單了。

趙凱接著說道：「結果呢，你卻跑來替小婷說話，搞得倒好像我這個做父親的是爲了自己的顏面而不願意給小婷幸福似的。我當時就想，也許你說的對吧，因而鬆了口，同意小婷跟John分開。」

傅華苦笑了一下，慚愧地說：「這是我不好，我沒明白您的苦心。」

趙凱接著說道：「你的不好並不止這一點，你既然想幫小婷從不快樂的婚姻中解脫出來，爲什麼你不幫忙幫到底呢？怎麼轉過頭又去幫John，你這是不是也太爛好人了？你知道嗎，John那種個性的人，是得過且過的，你給了他一個安定的環境，讓他可以蜷縮著不出來，也就讓他可以拖著不跟小婷分開。而且你和鄭莉這樣子對他，也讓他覺得你和鄭莉是支持他、同情他的，他會覺得他這麼做是對的，越發會堅持原來的做法。這就是這件事爲什麼會陷入困境的原因，你兩邊都想幫，也讓兩邊都覺得自己是做對了，自然就沒有人會放棄了。」

傅華越想越覺得趙凱說的很有道理，頭也越發的低了下來，汗顏地說：「看來還真是我做錯了。」

趙凱搖搖頭說：「這也是你的性格造成的，你這個人善良心軟，有時候考慮事情就不能從理智的角度出發。」

傅華下定決心說：「晚上我回去會跟John說的。不過我擔心他自己出去找地方住了之後，也不會同意跟小婷分開的。爸，我想小婷和John是不可能再在一起了，爸爸，您看是不是也跟John談一下？事情總是要解決的，這麼耗下去，對誰都不好。」

趙凱想了想說：「好吧，我明天就找John談一下。」

從趙凱那裏回來，傅華敲開了客房的門。

John看著他問道：「傅，有事嗎？」

傅華不敢去看John的眼睛，他擔心自己的話說出口之後，John又會含淚看著他，便低著頭說：「John，你在我這裏也住了一段時間了，是不是該另外找個地方住了？」

John一聽就有點慌了，說：「傅，你這是什麼意思啊，你要我離開？」

傅華仍舊不敢去看John的眼神，點點頭說：

「是的，我原本只是想讓你暫住，沒想到你會住這麼久。John，我和鄭莉也有我們自己的生活，希望你能諒解。」

John一臉可憐的說：「可是我對北京並不熟悉啊，你這樣子，一下子讓我去哪裡找房子啊？」

傅華硬了硬心腸，自從趙凱跟他談過之後，他覺得自己不能再那樣好說話了，不然John跟趙婷又會糾纏個不休，於是說道：「抱歉，那就是你自己的問題了，我希望明天你就搬出去。」

John納悶地說：「傅，你這麼對我，是不是小婷給你什麼壓力了？」

傅華被John糾纏了這麼久，有點厭煩地說：「你別扯那麼多了，反正你明天得搬走就是了。外面的旅館隨便找一家都可以住的。」

John恨恨地說：「傅，你這人真是太壞了，你別以爲我不知道，你對小婷還有感情，把我趕走，就是想跟小婷重修舊好是吧？你別妄想了，我是不會對小婷放手的。」

傅華沒想到John會這麼說，這就是他收留他這麼久換來的結果嗎？

他心裏很惱火，覺得這個洋人有些太得寸進尺了，便抬起頭，直視著John的眼睛，說：「John，我承認我跟小婷之間是有感情在，但那是一種兄妹之情，不是夫妻之情。我現在只希望小婷能快樂。如果你真的愛她的話，也一定會希望她快樂，而不是像現在這樣纏著她不放。」

John冷笑了一聲，說：「你別說得這麼冠冕堂皇的了，你就是想讓我給你騰位置出來，好能跟小婷重新在一起。你別以爲我不知道小婷這次回北京是爲了什麼，她就是對你念念不忘才回來的。我不會那麼傻，讓你們可以再重新在一起，我一定會跟你們耗到底的，讓你們不能得逞。」

原來這個洋人心裏也有自己的小算盤，他還以爲他只會逆來順受呢，傅華心裏暗罵了一句。

他看了一眼John，態度嚴肅地說：「原本我還覺得趕你出去，心裏有些愧疚呢，你這麼一說，我反而舒服了一些。現在請你收拾自己的東西，馬上離開我家。」

John說：「我不走，事情不能都由你說了算，我想鄭絕不會同意你這麼做的，她也不想你跟小婷在一起。」

傅華笑了，這個洋人鬼心眼還真不少呢，竟然會想到找鄭莉做盟友了，他搖搖頭說：「John，你說什麼都沒用的，我給你一個小時的時間收拾東西，超過一個小時，我就會報警了。」

John固執地說：「不行，我要問鄭的意見，她不會讓我離開的。」

這時，鄭莉從臥室出來，她一直聽著外面的動靜，看John賴著不走，便走出來說：「John，傅華的意見就是我的意見，現在請你馬上離開。」

John看到鄭莉也跟傅華同樣立場，急叫道：「鄭，你不要被傅騙了，他攆我走，是想逼著我跟小婷分手，他好跟小婷在一起。我們倆是同一陣線的，你要幫我，不要上了傅的當啊。」

鄭莉冷笑說：「傅華絕不是你想的那樣。你別來離間我們了。好了，別浪費時間了，趕緊收拾東西走人。」

John看看傅華，又看看鄭莉，見兩人都很堅決，知道無法再耍賴下去，便氣哼哼的把東西收了收，拿著東西離開了。

鄭莉關上門，對傅華說：「總算是把這傢伙弄出去了，他住在我們家這些天，我始終覺得家裏面有股羊膻味，真不知道小婷當初怎麼搞了這麼個傢伙回來。」

傅華笑說：「小婷那人還不是一下一變的。」

鄭莉看了看傅華，有些奇怪地說：「你今天真行啊，竟然跟John硬了起來，是不是得到什麼尚方寶劍啦？」

傅華點點頭，說：「是啊，晚上我跟爸爸聊了幾句，被他訓了一頓，說我就是會做爛好人，完全無助於事情的解決。」

鄭莉聽了，笑說：「我說呢，怎麼你突然變聰明了起來，原來是爸爸教你的招。」

傅華不禁嘆說：「還是爸爸見多識廣啊，你看今天的John，是怎樣一副嘴臉啊？我收留他反倒被他說成是壞蛋了，看來好人還真是不能隨便做啊。」

鄭莉也感慨說：「我也沒想到這傢伙竟然是這種人，看來早就該把他趕走了。看樣子這傢伙是想賴定小婷了，我看小婷有罪受了。」

傅華說：「不會的，他如果老是那副弱弱的樣子，大家可憐他，也許還不會對他怎麼樣。現在他的真面目露了出來，大家就不會再對他客氣了。爸爸答應我，明天會跟John談談，我想他一定有辦法打發John離開的。」

鄭莉聽了，瞅了傅華一眼，語帶酸意地說：「你對小婷還真是上心啊，什麼事情都幫她安排好了。」

傅華趕忙解釋說：「這個你要體諒我，她總是小昭的媽媽，如果她跟John老是這樣子，對小昭也是有影響的。沒辦法，我跟小婷的聯繫是扯不斷的。不過，她跟我的關係跟我們之間的關係是不同的。小婷現在對我來說，更像是一個妹妹。」

鄭莉笑說：「好啦，不用跟我解釋那麼多了，如果我不相信你，就不會幫著你把John給趕走了。」

第二天上班的時候，傅華打了個電話給趙凱，把昨晚攆走John的情形跟趙凱說了。

趙凱聽到John的表現，詫異地說：「沒想到這傢伙還有這些伎倆，不過他可是弄巧成拙了，原本我還覺得趙家有點虧欠他，想給他一點補償的，他這麼一搞，我覺得對他也沒什麼歉意了。」

傅華說：「是啊，他的表現也讓我很意外，我還以爲他很軟弱，哪知道他心裏還有這麼齷齪的想法，看來小婷離開他也不是壞事。」

趙凱果斷地說：「行了，下面的事就交給我來處理吧。」

剛結束跟趙凱的通話，束濤就從外面走了進來。看到傅華一臉輕鬆，便笑了笑說：「看來傅主任今天的心情不錯啊。」

傅華解決了John的問題，心情自然很輕鬆，便說：「還好啦，束董這麼早就來找我，是有什麼事情嗎？」

束濤笑笑說：「也沒什麼，是我在北京的事情辦完了，就想過來跟你道個別。」束濤已經拿到中天集團真實的財務資料，此行的目的算是達到了。

傅華看了看束濤，說：「這麼快就要走啊？」

束濤說：「是啊，家裏有一大堆事在等著我處理呢，我不能在這裏久留。傅主任，謝謝你的款待，下次我來北京時，再來打攪你吧。」

傅華笑笑說：「束董真是太客氣了，我們海川大廈隨時恭候你的光臨。」

兩人就握了握手，道了再見。

束濤離開後，傅華坐在那裏，眉頭皺了起來，心裏充滿了困惑，這一次直到束濤離開，他也沒弄明白束濤這一趟的北京之行究竟是幹什麼來的。但看束濤高興的樣子，似乎是收穫很大，這不得不引起他的警惕。

傅華就打電話通知丁江，束濤回去了，要他小心防備。丁江老神在在地說，他們和中天集團競標的事目前看來一切順利，眼看競標即將開始，看不出束濤還能要出什麼花樣來，應該不需要太擔心了。

傅華便放心地說：「那就好，希望你們能夠把項目順利拿下來。」

丁江笑笑說：「應該是沒什麼問題，中天的林董已經跟張琳約好了在海川見面，競標的細節部分，估計這次見面就能敲定了。」

傅華聽了，也很爲他高興，便說：「那就好，我就等著聽你們的好消息啦。」

丁江期待地說：「老弟啊，你也有段時間沒回海川了，等我們拿下項目之後，我出費用請你們夫妻倆回來一趟，一起慶祝一下，好不好？」

傅華心裏卻沒有像丁江那麼輕鬆，不過他也不想在這個時候掃興，就笑了笑說：「行啊，到時候我們一定回去給丁董道喜。」

第二章

待客之道

東濤說：「怎麼會是麻煩呢？我是誠心誠意想請你吃飯的。再說，你帶著弟妹回來，海川的這些朋友不出面招待一下，似乎顯得我們海川人不懂得待客之道啊。好了，傅主任，就一頓飯，這個面子一定要給我啊。」

通匯集團。

臨近中午的時候，趙凱打了個電話給John，讓John來他的辦公室一趟。這段時間John仍舊在通匯集團上班，並沒有因爲趙婷要跟他分開而離職。

John很快就來到趙凱的辦公室，趙凱看了看他，見他一臉的頹敗相，一點男子氣概都沒有，心裏暗自搖了搖頭，指指沙發說：「坐吧。」

John老實的去沙發那裡坐了下來，看著趙凱，等著趙凱發話。

趙凱開門見山就說：「John，你跟小婷的事也鬧了一段時間了，我想問問你，究竟心裏是怎麼想的啊？」

John皺了皺眉頭，說：「爸爸，我很愛小婷，現在小婷可能是因爲對我有了點看法，才會跟我鬧分手的，我想等過了這段時間，她就會轉變態度，跟我和好的。」

趙凱搖搖頭說：「你是不是也太樂觀了，你們的事拖得時間也不短了，我可看不出來小婷有改變態度的跡象；相反，我倒覺得小婷要跟你分開的態度更堅決啦。」

John一聽，便有點急了，說：「爸爸，你不會也要幫著小婷跟我分手吧？」

趙凱勸說：「John，中國人有句話，叫做好聚好散，既然小婷已經不喜歡你了，你也是時候該放手了吧？」

John執拗地說：「不行，我還愛著小婷，我絕對不會放手的。你，還有那個傅華都太

壞了，都聯合起來欺負我。哼，原本小婷跟傅華離婚你就不贊同，現在看到小婷這樣子對我，你心裏不知道有多高興了。」

趙凱不高興地說：「John，你這話說的可就不公道了，你捫心自問，如果不是我攔著，小婷大概早就提出要跟你分手了，想不到你竟然說這種話。」

John哼了聲說：「你攔著她可能是有別的想法，打從一開始你就對我有意見了。」

趙凱瞅了一眼John，冷聲說：「是，我承認打從一開始我就不贊同小婷嫁給你，因爲我早看出來你根本就不是那種女人可以託付的男人。你現在的所作所爲，更加印證了我的看法，一個男人拿不起放不下的，還算是什麼男人啊？」

John沒料到趙凱說話會這麼不客氣，便氣惱地說：「昨天傅華趕我離開他家，今天你又這個態度對我，看來你們是達成一致，準備一定要我跟小婷分開了？」

趙凱正色地對John說：「你猜得沒錯，我們是準備結束你跟小婷的這段關係了。你要真是個男人的話，就爽快一點，說吧，你想要什麼條件才肯跟小婷分手？」

John冷笑一聲，說：「你不用拿話來激我，沒有用的，我是不會讓你們稱心如意的。告訴你，不論什麼條件，我都不會答應跟小婷分開的。」

趙凱並不著急，笑笑說：「John，事情已經到了這個地步，你繼續糾纏還有什麼意思啊？還不如爽快的開出條件來，大家好聚好散算了。」

John仍耍賴地說：「你們別癡心妄想了，我就一句話，什麼條件我也不會答應跟小婷分開的。」

趙凱冷冷地說：「你這是要跟我耍無賴了？」

John堅決的回道：「你要這麼認爲也可以，反正我是不會答應你什麼的。」

趙凱的臉沉了下來，又再問了一次：「真的沒得商量？」

John說：「真的沒得商量。」

趙凱只好下了最後通牒說：「看來你還是不夠愛小婷啊，你想的只有你自己的感受，全然不去考慮小婷快樂不快樂。既然這樣子，我也沒必要跟你客氣了。我現在正式通知你，你被解雇了，從我這裏離開後，就馬上給我收拾東西走人。」

John大叫起來，道：「幹嘛，要中斷我的經濟來源啊？這個威脅不了我的。好啊，走就走，但是小婷我是不會放手的。」

趙凱板起面孔說：「這個恐怕就由不得你了，我告訴你，John，既然你不願意好好解決這件事，那我就不按商量的路子跟你解決了。小婷拿你沒辦法，不代表我也拿你沒辦法。我告訴你，我會請最好的律師幫小婷打這場離婚官司，你就等著收傳票吧。再是，從今天開始，我會派人保護小婷，不准你再去騷擾她。」

John急道：「你不能這麼做，她是我的妻子，我有權利見她。」

趙凱笑了起來，說：「你省省力氣吧，現在是小婷不想見你，我是爲了保護她才這麼做的。好了，我要跟你說的話已經說完了，現在請你出去，收拾東西離開這裏吧。」

John叫了起來：「你們不能這樣子對我，你們真是太壞了。」

趙凱冷眼看著John，拿起了桌上的電話，說：「保安部嗎，給我派兩個人過來。」

一會兒，就有兩名高壯的保安走了進來。

趙凱命令道：「John先生已經從我們公司離職了，你們看著他，確保他離開公司。」

到這個時候，John再也硬不起來了，看著趙凱，可憐兮兮地央求說：「爸爸，你不能這樣子啊。」

趙凱面色難看地說：「我警告你啊，我已經不是你的岳父了，不准你再叫我爸爸，現在趕緊給我離開。」

兩名保安就架著John去收拾東西，然後將他送出了公司。John到此時已經無計可施，只好灰溜溜的離開了。

下午，趙婷帶著兩個男人跑到了傅華的辦公室。

一進門，趙婷就高興地說：「傅華，我總算是自由了，爸爸把John趕走了。」

傅華對這個消息一點都不意外，趙凱做事絕不會拖泥帶水，把John從通匯集團趕走這種事肯定是幹得出來的。

傅華好奇地指了指趙婷身後的那兩個人，問道：「這兩位是？」

趙婷興奮地說：「是通匯集團保安部的人，爸爸怕John會來騷擾我，就派了兩個人跟著我。」

傅華點點頭，說：「爸爸做事果然是滴水不漏。」

趙婷感激地對傅華說：「這次也要謝謝你，如果不是你，爸爸也不會下定決心趕走John，爸爸還說，會幫我請最好的律師，跟John打離婚訴訟的。」

傅華聽了說：「那就好，你就可以徹底解脫了。」

趙婷說：「是啊，以爸爸做事的能力，我肯定很快就能從這段婚姻中解脫出來的。」

傅華笑笑說：「那恭喜你了。」

趙婷嘆說：「雖然現在是輕鬆多了，可是這段時間被John給鬧的，讓我心裏很累，很想換個環境生活一段時間。」

傅華點點頭，說：「也行啊，這樣子也可以避開John。你準備去哪裡？國外嗎？」

趙婷立刻搖搖頭說：「我被John害了一次，對洋人有點敏感，不想再去看那些高鼻子藍眼睛的傢伙了，我想帶傅昭去海川看看，從他生下來到現在，都還沒去他爺爺奶奶墳前祭拜過呢。」

傅華愣了一下，他沒想到趙婷竟然會想去海川，話說他還一次都沒帶趙婷去過海川的老家呢。

他跟趙婷結婚的時候，正逢他對海川心生厭倦之時，趙凱對他又很好，他就沒動念要帶趙婷去海川；趙婷也從來沒提過要去海川看看。而傅昭是在澳洲出生，生下來不久，他就跟趙婷離婚了，就更沒機會去什麼海川了。

趙婷看傅華發著愣，笑笑說：「怎麼，不想讓我們娘倆去你的老家看看嗎？這個不應該吧，就算你對我有意見，也應該讓爺爺奶奶看看他們的孫子吧？」

傅華知道這時候趙婷提出要去海川，意圖不會那麼單純，但是趙婷的理由倒也冠冕堂皇，他不好拒絕，便笑了笑說：「我不是不想讓你們娘倆去海川，我只是有點意外，你從來沒說過想去海川，乍一說出，我自然是有些驚訝了。」

趙婷說：「那就是你同意了？」

傅華點點頭說：「我不反對。」

趙婷便接著問道：「那你要不要陪我們回去啊？傅昭去祭拜他爺爺奶奶，你應該在一旁的吧？」

傅華無法反駁，便說：「是應該，不過我有工作在身，要離開崗位需要請假，你讓我先跟領導協調一下好嗎？」

傅華這麼說，其實是想給自己預留一個騰挪的空間，趙婷突然說要帶傅昭去海川，這件事情一定要先跟鄭莉商量一下，看鄭莉是什麼態度才能決定。

趙婷不禁狐疑地說：「請個假還要這麼費勁？跟你們領導說一聲不就行了嗎？」

傅華趕忙回說：「我這個位置雖然說不上重要，但起碼也要負點責任，不能說走就走的。」

趙婷冷笑了一下說：「我看你是擔心鄭莉不同意吧？」

傅華被點破了心思，便笑笑說：「小婷，你別有什麼意見，這件事本來是需要跟鄭莉說一聲的。」

趙婷哀怨的看了傅華一眼，說：「是啊，是應該跟她說一聲，誰叫我當初把你讓給了她呢？」

傅華苦笑著說：「小婷，現在再說這些就沒必要了吧，小莉是我的妻子，我應該尊重她的。」

趙婷強笑了下，說：「我沒說不應該跟她說啊，行了，你要說儘快一點，我現在就想早點離開北京。」

「行，我晚上回家就會跟小莉說的。」傅華答應道。

「那行啊，我走了。」趙婷就離開了。

晚上，傅華回到家，把趙婷要帶傅昭去海川的事跟鄭莉說了。說完後，他有些擔心的看著鄭莉，他害怕鄭莉會說：你看吧，我就知道小婷對你還沒死心吧？

鄭莉看了傅華一眼，語氣平靜地說：「你不用看我臉色了，小婷要帶傅昭去海川很好啊，去就去吧。」

傅華有些不相信地說：「小莉，這是你的真心話？」

鄭莉笑笑說：「我總不能反對讓你兒子去祭拜爺爺奶奶吧？小婷站在理字上，我沒辦法反對。」

傅華又小心地說：「那她們娘倆要去海川的話，我也需要陪著她們去的。」

鄭莉面帶微笑說：「對啊，你是應該去的。」

鄭莉的態度，讓傅華心裏有點發毛，從之前鄭莉反對他參與趙婷和John分手這件事來看，鄭莉對他和趙婷的互動，絕對不是像她現在說的這麼放心，便試探地說：「小莉，你還是跟我說實話吧，你對這件事情到底是怎麼想的？」

鄭莉笑了起來，說：「你不用這麼緊張，我不會讓你一個人陪他們回去的，你把時間延後兩天，我把手頭的事情安排一下，也陪你們去海川。」

傅華這才鬆了口氣，鄭莉如果陪他去海川，那他就沒什麼可擔心了，便說道：「我說你怎麼突然這麼大方起來了，原來你早就打算跟我們一起去了。」

鄭莉笑笑說：「老公是我的，這個可大方不得。再說，我也順便去海川轉一下，給家裏的老人們掃掃墓。」

第二天，傅華就把鄭莉也要一起去海川的決定告訴趙婷。

趙婷聽了，倒也沒有表示什麼，只是淡淡的說：「行啊，既然她願意陪著，就讓她陪著吧。」

於是傅華就跟孫守義報告了要回海川的事，孫守義批准了他的請假，他就訂了兩天後的機票，準備回海川。

過兩天，四人便去首都機場搭飛機，準備回海川。在過安檢的時候，正好遇到中天集團的林董。

林董打招呼說：「傅主任，你們倆口子這是幹嘛？」

傅華回說：「我們要回海川。」

林董說：「真是巧啊，我也是要去海川的，看來我們是同一架飛機了。」

傅華這才記起丁江跟他說過林董與張琳約了見面，沒想到林董也把行程安排在這一天，便笑了笑說：「我聽丁董說過您要去海川，沒想到剛好會是今天。」

林董說：「碰到一起也好，路上就熱鬧了。誒，這孩子是？」

傅華就介紹了趙婷和傅昭，林董聽說竟然是傅華的前妻和兒子，看傅華的眼神就有點笑意了。傅華知道自己這一行人關係有點混亂，前妻和現妻湊在一起，難免會讓林董有些想法。

眾人一起上了飛機，到了海川，張琳已經派了車來接林董，林董就坐車先離開了。傅華叫了輛車，帶著鄭莉、趙婷和傅昭進了市區。他在海川的家閒置已久，回去也不能住人，便去海川大酒店開了兩個房間住了下來。

林董也被送到了海川大酒店，晚上張琳到酒店來，為他接風。

兩人見面，先握手寒暄了一下。張琳滿面笑意，表示一定會安排好中天集團這次的投標事宜。林董表示了感謝之意，同時很懂行規的拿出了一張銀行卡，塞給張琳。

林董雖然沒有明說這張卡是做什麼的，但張琳卻明白林董的意圖，他把卡推還給林董，說：「林董，這個你還是收回去吧，我不喜歡這些的。你放心，你是白部長介紹來的，我一定會把事情給你辦好，你無須再想其他的了。」

雖然張琳說的很誠懇，但是林董心裏總有一種不踏實的感覺，他又把卡推了過去，說：「張書記，您就收下吧，大家都是這麼做，這不過是例行的行規而已。」

張琳心想：如果這個項目鐵定讓你拿到，這錢我就收了，但是目前束濤的動作還沒停下來，中天集團能不能真的奪冠還沒個準呢，這時候除非是傻瓜才敢拿你的錢啊。

張琳便把臉板了起來，說：「林董啊，你要是這麼搞的話，這個忙我可就無法幫你了。我這個人從走上仕途的那一天起，就給自己立下了兩條規矩，一條是不要去沾惹妻子之外的女人；第二個就是不能拿不該拿的錢。我是一直遵守著這兩條規矩，才有了今天的地位。我如果拿了你這張卡的話，可就等於壞了我半生堅守的原則了啊。所以林董，你體諒我一下，把卡收回去吧。」

林董看了張琳一眼，心中充滿了疑惑，他不會傻到去相信張琳這套說辭的地步。他見過多少官員表面上說得冠冕堂皇，背地裏卻是男盜女娼，無所不爲的。他拒絕拿，一定是有什麼別的原因。

雖然林董來海川的次數不多，對張琳的接觸更少，但是他心裏十分清楚所謂的狗屁原則根本就是不成立的。現在這個社會，行賄受賄、買官賣官，已經成了通行的一種惡習。如果真是一清如水的清官，可能根本就沒有機會做到這個市委書記的位置上的。

張琳並不是什麼很有魄力的官員，同時林董知道張琳跟束濤的關係，這次的舊城改造項目，如果不是白部長出面干涉，張琳就會把項目給束濤了。如果束濤沒收買過他，他又怎麼會那樣子做呢？

張琳是不是因爲自己跟孫守義和金達的關係不錯，才不敢貿然的收下這張卡呢？也許他是怕這件事被金達和孫守義知道了會對他不利。這倒是很有可能。

不管怎麼樣，今天這張卡是送不出去了，林董便把卡收了回來，笑笑說：「既然張書記這麼堅持，那我就不好勉強了。這樣吧，這卡我先保存著，張書記日後如果要是用到的話，只管跟我開口好了。」

張琳說：「我肯定是不需要的。」

張琳當晚就在海川大酒店宴請了林董，兩人把酒言歡，倒是相處的其樂融融。

第二天上午，孫守義來酒店拜訪林董，問起了昨晚的情形。

林董知道這次如果不是孫守義的話，那個白部長根本就不會搭理他的，便也沒把孫守義當外人，把昨晚跟張琳見面的情形都講給了孫守義聽。特別是對張琳不收他銀行卡的這個細節，更是講的很詳細。

講完之後，林董便對孫守義說：「孫副市長，你看這個張書記究竟是什麼意思啊？」

孫守義想了想，說：「這不代表他不吃腥，可能他覺得你跟我的關係不錯，所以不想接受你的錢，以免有什麼把柄落在我的手裏。」

林董說：「我一開始也是這麼認爲的，不過後來細想也不盡然。像這種送錢的事，送的人和收的人都是怕人知道的，一般都會儘量保密。這張卡如果張琳收了，我是不會在你面前透露一個字的，照理張琳也不該不知道這個道理的。」

孫守義愣了一下，說：「你是說，張琳不收這個錢，是有別的原因？」

林董點點頭，說：「我是這樣子覺得，似乎是因爲他並不能確定一定能將這個項目給我們中天集團才不收的，這種感覺讓我心裏很不安啊。」

孫守義說：「白部長已經跟張琳打過招呼了，他應該不敢再做什麼手腳吧？」

林董猜測說：「張琳不會做什麼動作，但是不代表別的人也會這麼老實。就像城邑集團的那個束濤，前幾天特別跑去北京。雖然他說是要去跑公司上市，但我很懷疑他這次的北京之行是衝著我們中天集團去的。」

孫守義想了想說：「應該不會吧，我知道他去過北京，不過好像也沒什麼動作，在駐京辦住了幾天就回來了，那麼短的時間他能做什麼啊？」

林董說：「不能看時間長短，真有什麼的話，很短的時間就能做到的。」

孫守義看了一眼林董，他並不相信束濤還能玩出什麼把戲來，而是覺得林董這麼惴惴不安，可能是中天集團內部存在什麼問題，便說：「林董，是不是你們中天集團本身有什麼問題啊，所以你才會這麼擔心？」

林董看了一眼孫守義，雖然孫守義跟他是同一陣線，但是有些事他也不方便跟孫守義透露。尤其是公司的最高機密，萬一洩露出去，很可能危及公司本身的安全。

林董便笑笑說：「孫副市長，任何公司都難免存在著或多或少的問題，你這麼問我，我還真是不知道該怎麼回答你。不過我可以保證，我們中天集團的實力絕對能夠應付得了你們的舊城改造項目的。」

林董的話倒是說得很實在，孫守義也就沒再往中天集團這邊考慮了，便勸說：「這倒也是。林董，心理學上說，人在關鍵時刻都會有些焦慮，我想你這些擔心可能就是因爲焦慮的緣故吧。現在事情已經到這個地步了，你也只有竭盡全力去爭取一途，就不用去考慮那麼多了。」

林董做夢也想不到，自己公司的財務經理會被人設計、出賣了公司的最高機密——財務報表，因此他覺得沒有什麼把柄會被束濤抓到。也許真的像孫守義所說的那樣，他的不安是因爲事到臨頭的焦慮吧。

與此同時，傅華帶著鄭莉、趙婷和傅昭到了他父母的墳前。他清理了一下父母墳前的雜草，跟鄭莉三人一起跪倒在墳前。

傅昭年紀還小，對這一切還不理解，只是好奇的跟著爸爸媽媽跪在那裏。

想起媽媽生前的音容笑貌，傅華心中的悲痛就難以自抑，眼淚不覺流了下來。

傅昭看到傅華流淚，用小手搖了搖趙婷，說：「媽媽，爸爸不乖，他哭了。」

趙婷和鄭莉都知道傅華跟媽媽的感情很深，趙婷更是忍不住拍著傅華的背，柔聲地安慰說：「傅華，你別這樣子，媽媽已經走了。」

鄭莉見了，心裏彆扭了一下，她對趙婷表現出對傅華的親暱感，心裏很不舒服，不過在這個場合，她也不好說什麼，只好不去看趙婷，伸手撫摸了一下傅華的背，說：「是啊，老公，媽媽在天之靈也不想看到你這麼傷心的。」

沒人安慰，傅華的悲傷勉強還能壓抑，此刻趙婷和鄭莉都安慰他，反而把他的悲傷徹底勾了起來，他再也難以控制自己，抽噎著哭出聲來。

趙婷看傅華哭得傷心，她心頭的傷心事也被勾了起來。回想到她跟John在一起的日子，特別是回到北京之後，被John纏住不放，又備受父親的壓力，讓她受到這輩子以來最大的煎熬。再想到她跟傅華在一起的那些甜蜜時光，這一切卻因爲她的任性而被毀掉，再也難以挽回了，因而她也潸然淚下，便去抱住傅華，跟著傷心的哭了起來。

趙婷這一哭，倒把傅華給哭愣了，心裏不禁奇怪起來，趙婷根本就沒見過他的媽媽，怎麼對他媽媽這麼有感情了？

奇怪歸奇怪，他還得勸慰趙婷，便止住了悲聲，說：「小婷，別哭了，小昭在這裏，你別嚇壞了他。」

趙婷的悲傷一時卻很難止住，便抽噎著說：「不知道怎麼了，我看你傷心，我心中也覺得很傷心。」

傅昭看趙婷哭個不停，真的被嚇到了，搖了搖趙婷的胳膊，叫了聲媽媽，也跟著哭了起來。

傅華趕忙把傅昭抱了起來，說：「小昭不哭，都是爸爸不好，把媽媽給弄哭了。」哄傅昭的同時，傅華掃了一眼鄭莉，見鄭莉臉色陰沉著看著他，便知道鄭莉對他跟趙婷哭在一起不高興了，趕忙帶著傅昭站了起來，邊離開趙婷邊說：「小昭別哭了，爸爸帶你去玩好不好？」

傅昭卻不想離開媽媽，掙扎著哭喊說：「不要，我要跟媽媽在一起。」

傅華看哄不住傅昭，趕忙拉了一把趙婷，說：「小婷，你趕緊哄哄小昭吧。」

趙婷止住了哭聲，把傅昭抱了過去，說：「好了，不哭不哭，小昭是男子漢，男子漢都不哭的。」連聲哄著傅昭。

傅華看傅昭慢慢不哭了，鬆了口氣，回頭去看鄭莉，看到鄭莉正用異樣的眼神看著他和趙婷、傅昭三人。見到傅華看她，便苦笑了一下，把眼神閃躲開了。

傅華趕忙走到鄭莉身邊，低聲說：「小莉，你沒事吧？」

鄭莉剛才看傅華、趙婷、傅昭哭在一起，心中頗爲不是滋味，似乎眼前就她一個人是多餘的，他們三人才是一家人。這種感覺讓她心裏特別的不舒服，而傅華卻只顧著照顧傅昭，根本就沒注意到她的感受。

雖然她知道血緣是割捨不掉的，但是當這一切都展示在她面前的時候，她心裏卻像多了根刺一樣不舒服，但是這個不舒服她還沒辦法講出來，尤其是不能在傅華面前。不然的話，一定會讓傅華覺得她過於小心眼，太跟趙婷計較。

鄭莉心裏苦笑了一下，開始有點後悔跟傅華一起回海川了，不來的話，起碼可以賺一個眼不見心不煩。

此刻見傅華主動走了過來，讓鄭莉心裏多少舒服些，她乾笑了一下，說：「我沒事，你還是去哄好小昭吧。」

傅華知道鄭莉口不應心，她的表情絕不是沒事的樣子，便笑笑說：「小昭不需要我，他還是跟媽媽親。都是我不好，明明是帶著大家來祭拜媽媽的，卻自己哭得稀裏嘩啦，連香都沒給媽媽燒。」

鄭莉就過去拿起香，遞給傅華，傅華點燃後，在墳前拜了拜，把香插到墳前。鄭莉在他身旁跟著拜了拜，趙婷也走了過來，帶著傅昭也拜了一下，總算完成了祭拜的儀式。

回到海川大酒店，鄭莉進房間之後，便悶悶不樂的坐到床上，也不跟傅華講話，自顧看著電視。

傅華看鄭莉的臉色很不好看，便問說：「小莉，你生氣了？」

鄭莉淡淡地說：「沒有啊，我只是有點累了。」

傅華知道鄭莉說累只是藉口罷了，恐怕心中還在介意剛才他跟趙婷哭在一起的事，便陪笑著解釋說：「我知道你生氣了，剛才你不能怪我，我也沒想到趙婷會跟著我哭，她以前不是這樣子的人的。」

鄭莉知道這時候她沒什麼立場可以責怪傅華，傅華也並沒做錯什麼，但是眼睜睜看著趙婷和傅華抱著哭成一團，她心裏總是很難受，便不想再跟傅華談這件事，說：

「我沒怪你的意思，我是真的累了，上墳走了那麼遠的山路，我的腳很酸。你別管我了，我休息一會兒就好了。」

傅華看了眼鄭莉，想說什麼，卻沒說出口，就也跟鄭莉一樣，裝作專心盯著電視看著。房間裏安靜了下來，只有電視的聲音，傅華和鄭莉都覺得很尷尬，卻不知道該跟對方說什麼。

這時，傅華的手機響了起來，是丁益打來的。傅華正覺得鬱悶呢，趕緊接通了。

丁益開口就說：「傅哥，帶嫂子回來怎麼也不說一聲啊？」

傅華笑了笑說：「也沒什麼事，就是帶著兒子回來給他爺爺奶奶上上墳，讓他認識一下自己的家鄉。」

丁益說：「那需不需要我幫你做些什麼啊，要不給你派個車吧，你行動也方便。」

傅華婉謝了：「不需要，我們已經上過墳，很快就會回北京了。」

丁益詫異地說：「這麼快啊，不多住幾天嗎？」

傅華心說：這才來一天，鄭莉就跟我鬧彆扭了，再住下去還不知道會什麼樣子呢，便笑笑說：「北京那邊的事情很多，我不能住太久的。」

丁益聽了便說：「那中午我請你們吃飯吧，算是給你們接風。」

傅華看看鄭莉說：「丁益請我們去吃飯，去不去？」

鄭莉想，有個外人參與，這樣她跟傅華和趙婷之間就不會那麼尷尬了，便點點頭說：「你想去就去吧。」

丁益便到酒店來接傅華一行人。

趙婷看到丁益，不禁嘆說：「丁益，你可是一點都沒變啊。」

丁益笑笑回說：「你也是啊。」

趙婷苦笑了一下說：「我可不同，我已經是孩子的媽了，老啦。小昭，叫丁叔叔。」

傅昭乖巧的喊了丁益叔叔，丁益笑說：「這是你兒子啊。」

趙婷點了點頭：「是啊，這是我兒子。你呢，還是一個人嗎？」

丁益嘆說：「是呀，一直沒找到合適的。」

趙婷回想起往事，笑笑說：「想想也挺有意思的，我還記得當初在駐京辦第一次看到你的時候，你眼睛直直的看著我，一點禮貌都沒有。」

丁益不好意思地說：「這你都記得啊？」

趙婷回頭看了眼傅華，說：「怎麼能忘呢，那是我最快樂的一段時光。」

傅華卻不想回憶這些往事，至少當著鄭莉的面，他不想舊事重提，便說道：「好了，我們趕緊上車吧。」

眾人上了車，丁益帶他們到一家位在海邊的飯店。

坐定後，趙婷不禁稱讚說：「你們海川的風景挺美的，奇怪，我當初怎麼就沒想要來看看呢？」

丁益也說：「是啊，我也奇怪，爲什麼你不讓傅哥帶你來看看。」

傅華笑說：「現在來也不晚啊。誒，丁益，小婷可能要在海川住些日子，到時你可要照顧她一下啊。」

丁益看了看趙婷，訝異地說：「你要在這兒住段時間？」

趙婷不好意思地說：「是啊，你也知道，我後來又結婚了，這段婚姻鬧得很不愉快，我就想暫時避開一下。沒事，我能安排好自己的生活的。」

鄭莉在一旁接口說：「什麼呢，小婷，你一向被別人照顧慣了，現在又帶著小昭在身邊，傅華不能長時間留在這裏，你還是讓丁益幫幫忙，照顧一下吧。」

趙婷叫說：「你們別把我說得這麼可憐嘛，好像我是電影裏面演的棄婦一樣，我沒事的，我真的可以照顧好自己和小昭的，就不用去麻煩丁益了。」

丁益熱心地說：「也沒什麼麻煩的，有時間我就會過來看看。」

話題談到正事，傅華問說：「丁益，林董見過張書記了嗎？」

丁益說：「昨天就見了。」

傅華說：「怎麼樣，談得順利嗎？」

丁益聳了聳肩說：「還算可以吧，張書記對林董很熱情，晚上還請他吃飯。照目前的情況來看，舊城改造項目拿下來應該沒什麼問題。」

傅華聽了說：「那就好，這件事忙活了這麼長時間，總算是要有個結果出來了。」

丁益也說：「是啊，總算是可以鬆口氣了。」

傅華又問：「城邑集團現在是個什麼情況啊？他們有沒有退出競標？」

丁益搖搖頭，說：「他們並沒有退出的意思，不過，就算他們不退出，這個項目他們也沒戲了。現在市裏面的領導一面倒的支持我們，束濤他們是沒機會贏的。」

正說著話，傅華的手機響了起來，看看號碼，竟然是束濤的，就說：「這人還真是不經念叨啊。」

丁益愣了一下，說：「束濤找你？」

傅華點點頭，說：「估計這傢伙是知道我回海川了。」

傅華就接通電話，束濤果然說道：「傅主任，我剛聽說你回海川了？」

傅華笑笑說：「是啊，我回來給家裏的老人上上墳，昨天到的。」

束濤聽了說：「這樣子啊，有沒有什麼地方我能幫忙的？」

傅華趕緊回道：「謝謝，不需要，我們已經上過墳了。」

束濤殷勤地說：「那傅主任能不能給我個面子，你難得回來一趟，我想請你吃頓飯，以答謝你在北京對我那麼好的款待。」

傅華客氣地回絕了：「這個就不必要了吧，我這次在海川待的時間不長，很快就要回北京了。」

束濤說：「傅主任，你這就不夠意思了吧？吃頓飯的面子都不給我嗎？」

傅華趕忙說道：「我不是這個意思，這一次我來去匆匆，就沒必要給束董添這個麻煩了吧。」

束濤說：「怎麼會是麻煩呢？我是誠心誠意想請你吃飯的。再說，你帶著弟妹回來，海川的這些朋友不出面招待一下，似乎顯得我們海川人不懂得待客之道啊。好了，傅主任，就一頓飯，這個面子一定要給我啊。」

傅華見實在推辭不過去，就笑了笑說：「束董這麼盛情，我再拒絕似乎就有點不識抬舉了。」

束濤這才高興地說：「這就對了嘛，你看什麼時間方便？」

傅華想了想說：「要不晚上吧？也別到別的地方了，就在海川大酒店好了。」

束濤爽快地說：「行，那晚上我去海川大酒店找你。」

掛了電話之後，傅華對丁益說：「這傢伙也不知道打什麼主意，一定要請我的客。」

丁益笑笑說：「估計他還在想公司上市的事情吧。」

傅華卻覺得可能是與競標項目有關，束濤一定還對競標案有什麼想法，可是丁益現在對競標結果很樂觀，他再說這些，丁益也是聽不進去的，便說：

「那件事我已經明確告訴他我幫不上忙了。好啦，不去猜測了，晚上見面就知道了。」

第三章

頭條新聞

束濤說：「這是明天國內各大媒體、財經版面即將刊登的頭條新聞，
這要是登出來，中天集團就等於是身敗名裂，更別說是上市了。
這也是林董為什麼要匆忙趕回北京去的原因了，他趕回去是想趕緊做補救的措施。」

晚上，束濤在海川大酒店宴請了傅華一行人。

跟鄭莉、趙婷寒暄一番後，束濤看了看傅華，笑笑說：「傅主任，你中午是跟天和的丁總在一起吧？」

傅華心說這傢伙還真是爲了項目而來的，便說：「束董的耳目真是很靈通啊，竟然完全掌握了我的行蹤。」

束濤笑笑說：「海川就這麼點地方，上得了臺面的就那麼幾個人，我就是想不知道都不行啊。不比北京，人在北京，就像一滴水掉進了大海一樣，根本就沒了。」

傅華認同說：「這倒也是，北京真是太大了。」

束濤探問說：「傅主任，丁總今天有沒有說項目競標的事情啊？」

傅華笑說：「束董應該知道我跟丁總是老朋友了，也就是吃個飯，見個面而已，項目不項目的，我們還真是沒有談。」

束濤面色和悅地說：「傅主任不用怕我，我想丁總現在一定是信心滿滿，覺得項目一定是被他們天和房產和中天集團拿下來了。不說別的，就是中天集團的林董過來海川，張書記親自出面招待，就必然會給他們很大的信心了。」

傅華搖了搖頭，說：「我們還真是沒談這件事情。誒，束董啊，你們城邑集團不是也在爭取這個項目嗎？」

束濤說：「是啊，我們城邑集團也加入了競爭的行列。傅主任猜猜看，這次究竟是哪家公司會得標啊？」

傅華聽了，笑說：「這個我怎麼好猜，我又沒參與。」

束濤說：「就試著猜猜看嘛，城邑集團和中天集團，究竟哪家的機會更大一些？」

傅華很為難地說：「這個真的不太好猜，我覺得你們各有各的優勢，誰勝出了我都不意外。」

束濤笑說：「傅主任，到這個時候，你還覺得我們是各有各的優勢嗎？人家可都見過市委書記了。」

傅華說：「可是我看束董這好整以暇的樣子，似乎根本就沒拿張書記跟林董的見面當回事啊。」

束濤笑笑說：「也許我是明知無望，也就甘心放棄了呢？」

傅華看著束濤，饒有意味地說：「我看不像，就我看來，束董絕非那種輕言放棄的人。」

束濤眼睛亮了一下，說：「傅主任，你怎麼會說我不輕言放棄呢？」

傅華說：「這還用我說嗎？束董能有今天這個局面，是一點點打拚出來的，如果遇到一點小挫折就退縮，可就不會有今天的城邑集團了。」

束濤聽了傅華的話，哈哈大笑起來，說：「傅主任，我現在很後悔沒有早一點找機會跟你熟悉起來，真是想不到啊，原來最瞭解我的人竟然是你。是啊，我束濤能有今天的局面，與我的性格很有關係。我這個人，越是遇到困難的時候，越是有鬥志。也就是我這種知難而上的性格，才讓我成功的。」

傅華笑笑說：「這點我贊同，有人總結過，很多成功的人，性格都是很固執的，因爲固執才能堅持下來，才能挺過最後的關頭獲得成功。」

束濤看著傅華，說：「那我現在跟你說，這次城邑集團一定能拿下舊城改造項目，你不會覺得我束濤是在妄想吧？」

傅華心裏愣了一下，束濤敢在他面前這麼說，一定是有一定的把握了。現在張琳已經等於是向社會公開表態支持中天集團了，那束濤的信心究竟從哪裡來的呢？

傅華便說：「怎麼會是妄想呢，最後的結果還沒出來，什麼可能都是有的啊。」

束濤佩服地說：「傅主任真是厲害啊，到這時候還覺得什麼可能都有的人，我估計目前在海川，除了我之外，大概也就只有你還認爲城邑集團有機會。我告訴你吧，傅主任，城邑集團是不會敗的，因爲我們公司的實力在那兒呢，不像中天集團，虛有其表，我有信心戰勝他們。」

傅華可以感受到束濤說這句話的時候，心裏是有底氣的，特別是他點出了中天集團虛有其表這一點，似乎掌握了中天集團的真正底牌，看來束濤前幾天的北京之行，一定是挖到了中天集團什麼不爲外人所知的資料了。

傅華印證了他心中不好的預感，這一次中天集團的競標似乎凶多吉少了。看來張琳出面應酬林董，也只是跟林董虛與委蛇而已，而林董和丁江他們完全被蒙蔽了。

傅華看了看束濤，說：「看來束董一定是運籌帷幄好了，才會這麼信心十足啊。」

束濤笑笑說：「也可以這麼說吧，我束濤看上的東西，又怎麼能讓別人奪去呢？」

傅華看束濤那副得意的樣子，覺得中天集團應該是沒希望了，因爲束濤知道他跟丁江父子的關係，此刻敢在他面前把話說得這麼滿，一定是不怕丁江父子和中天集團再做什麼動作，更有借傅華的口向丁江父子示威的意思。

傅華猜不出來束濤究竟私下做了什麼動作，才會這麼有信心擊敗中天集團，但是他對束濤這麼囂張的態度心中有些不滿，便說：「如果束董真的有把握拿下項目，我倒是要恭喜你了。」

束濤笑了笑說：「那就先謝謝老弟了，等城邑集團拿下這個項目，我到北京去找你喝酒，一起慶祝一下。」

傅華笑說：「也許束董真的有辦法拿下舊城改造項目，但是要說慶祝，恐怕還爲時尚早吧。不好意思啊，我這話可能說的不中聽了。」

束濤臉上的笑容僵了一下，旋即恢復正常，說：「爲什麼傅主任會這麼覺得呢？」

傅華擺了擺手，說：「我話太多了，束董就當我沒說過好了。」

束濤追問道：「可是你已經說了啊，有什麼話還是說明白一點比較好。」

傅華想要打擊束濤的囂張氣焰，便笑笑說：

「那我就說了。我覺得對城邑集團來說，似乎還沒這個實力搞好舊城改造項目，你硬要吃下這個項目並不是什麼好事啊。束董，你也是商界的老人了，自己有什麼實力自己最清楚不過。我一直都不明白你爲什麼一定要爭取這個項目，要知道，有些事情如果硬要強做的話，不但不會成功，反而會深受其累的。」

束濤臉上的笑容完全不見了，傅華在海川政壇上有智囊之稱，特別是他輔助金達成爲海川市長這件事最爲人稱道，因此束濤對傅華的看法不敢當做是虛聲恫喝。

束濤只好乾笑一下說：「我相信城邑集團還是有這個實力的。」

傅華看了束濤一眼，說：「希望你們真的有這個實力，畢竟這個項目對海川來說是很重要的，如果能夠做好，對大家來說都有利。」

束濤很有信心地說：「相信我吧，我們一定能做好的，城邑集團絕對有這個實力。」

傅華語重心長地勸道：「既然束董覺得你們城邑集團真的有這個實力，那我再多一句嘴吧。如果你真的想順利完成這個項目，最好不要跟孟森搞在一起，要不然你等著看，這個項目將來出什麼問題的話，一定是在孟森身上。」

束濤心說：爲了爭取這個項目，孟森出了很大的力，這時候你讓我去跟他劃清界限，就算我肯，孟森也不肯啊。

束濤便笑笑說：「其實你們對孟森有些誤會，他現在已經是一個守法的商人了，我跟他的合作很好，看不出有什麼問題來。」

傅華搖了搖頭，他知道束濤不會聽他的意見，這麼說純粹只是不希望見到海川有什麼損失，便笑笑說：「我們的話越扯越遠啦，別談這些了，喝酒喝酒，來，我先感謝束董百忙之中還能抽出時間來請我吃飯。」

束濤也笑了起來，說：「傅主任這話過分了，你能出來吃這頓飯，是給我面子……」兩人嘻嘻哈哈，開始喝起酒來。席間，束濤還面面俱到的敬了鄭莉和趙婷酒，酒桌上的氣氛倒是很不錯，直鬧騰到十點鐘宴會才結束。

送走束濤，回到房間後，鄭莉不禁說道：「我看這個束濤是個人物，沉穩幹練，我感覺比丁益要強多了，看他今天那個樣子，恐怕這次丁益他們是要輸了。」

傅華說：「你也看出來了？」

鄭莉點點頭說：「是啊，你要不要提醒一下丁益啊？」

傅華嘆說：「我是想提醒他們，可是我要提醒他們什麼啊？我根本不知道束濤做了什麼，而且東濤今天敢在我面前說這些，就代表他已經佈局完成了，再提醒他們恐怕也太晚了。還是隨他去吧，反正我之前也提醒過他們了，該做的我都做了，輸和贏，就只能看他們自己的啦。」

第二天，傅華帶著鄭莉和趙婷、傅昭回到他在海川的家。

久未住人的房子有一股沉悶的氣息，傢俱、地上到處落滿了灰塵，讓人有一種破敗的感覺。

趙婷原本還想看看能不能在這裏住一晚，看這個樣子，顯然不太合適，只好放棄了。一行人便稍待了一會兒，就離開這兒，回海川大酒店了。

回酒店後，傅華就想去看一下同住在這裏的林董。林董來海川後，兩人還沒有聚一下呢，傅華猜測林董也不會在海川待得太久，就想請林董吃頓飯。

傅華把這個意思跟鄭莉說，鄭莉也覺得傅華應該盡盡地主之誼，於是傅華便找到了林董的房間。

林董給他開了門。傅華看林董的神色似乎十分的凝重，心中有些疑惑。

林董把傅華讓進了房間，傅華看林董把行李箱打開放在床上，好像正在收拾行李，心中的疑惑更為加深了，忍不住問道：「林董這是幹嘛，這就要回北京了嗎？」

林董點點頭說：「是啊，公司有點急事，我需要馬上趕回去。」

傅華詫異地說：「這麼匆忙啊，我才想問你什麼時間走，好跟你做伴一起回去呢。」

林董急匆匆地說：「我不能等你了，我下午的飛機票都訂好了。」

傅華懷疑林董的匆忙離開，是因爲束濤在背後搞了什麼鬼的緣故，就問道：「什麼事情急成這個樣子啊？丁董知道你要回去嗎？」

林董回說：「是我公司突然發生了一點緊急事故，我需要趕回去處理。我已經跟丁董說過了。」

傅華便說：「哦，是這樣子啊，要不中午我給你送行吧，說起來我在這裏也算是地主，你來海川，我應該招待一下。」

林董笑笑說：「真的不必要了，我現在急著趕回去，也沒什麼心情喝酒。回頭等你回北京，我來請你喝酒吧。」

看來事態是真的很嚴重，搞得林董連喝酒的心情都沒有了，傅華也就不好再自討沒趣了，就笑笑說：「那行啊，我就不打攪你收拾行李了。」

傅華回到房間，鄭莉看了看他，說：「跟林董說好了？」

傅華搖頭說：「這頓飯請不成了，林董急著回北京，沒時間跟我們吃飯。」

「這麼快啊？」鄭莉也很訝異。

傅華說：「他說公司發生了點狀況，需要緊急趕回去處理。我看他神色十分的嚴肅，恐怕是很嚴重的狀況。」

鄭莉不禁猜測說：「你說會不會是昨晚那個束濤搞出來的事情啊？」

傅華點點頭說：「我跟你想的一樣，恐怕是啊。看來這次他們要爭取舊城改造項目的事，怕真是凶多吉少了。」

兩人正說著，有人敲門。

傅華去開了門，見是丁益站在門外，便笑笑說：「進來吧。」

丁益跟鄭莉打了聲招呼，然後跟傅華坐到沙發上。

丁益立即問道：「傅哥，你知不知道中天集團發生了什麼事啊？爲什麼林董突然要推掉原本安排好的行程，趕回北京去呢？」

傅華搖搖頭說：「我也不清楚，我剛才還想請林董吃頓飯呢，可是被他拒絕了。他跟我說是公司發生了點狀況，需要趕回去，他跟你們是怎麼說的？」

丁益說：「跟對你說的說辭是一樣的，不過我爸爸覺得事情有些蹊蹺，很可能是與束濤前些日子的北京之行有關。」

丁江到底是老江湖，馬上就嗅出了事情危險的氣味。

傅華點點頭說：「我跟丁董想的一樣，林董公司出事，很可能是束濤在背後搞的鬼。

如果真是這樣子，恐怕你們這一次合作爭取舊城改造項目就有點不妙了。」

丁益趕忙問說：「你昨晚見過束濤了，束濤有沒有對舊城改造項目說點什麼？」

傅華說：「束濤對他們爭取舊城改造項目信心滿滿，認為不會輸給你們。」

丁益叫說：「那就對了，不用說，林董公司出的事情肯定是與束濤有關。看來我們都被張書記給耍了，張書記表面上熱情地接待林董，答應幫林董拿下項目，結果把我們都蒙蔽住了，實際上，他還是在背地跟束濤勾結在一起玩花樣，真不是東西。」

傅華語帶保留地說：「也不能這麼說，這裏面有沒有張書記的事還很難說呢。」

丁益哼了聲說：「難說什麼啊，張書記當然不會公開做什麼動作，他要對省裏的白部長交代嘛，他只能在背地裏給束濤支招，讓束濤去搞中天集團的花樣。只有中天集團本身出了問題，張書記才既可以跟白部長交代，又能把項目給束濤，兩面都能交代的過去。說起來，這一次中天集團怕是要被這個項目害到了。」

傅華心中的想法其實跟丁益是一樣的，但他不好對張琳在背後說三道四的，只好苦笑了一下，沒再說什麼。

丁益從傅華這裏也問不出什麼新的情況來，悶悶的坐了一會兒，就告辭離開了。

丁益走了之後，傅華的心情也很鬱悶，當初是他和孫守義一起將中天集團拉到海川來的，現在眼見費了半天周折，中天集團仍然有可能敗走麥城，這讓他的心情多少有些沮喪。

這時，傅華的手機響了，是談紅打來的，不知道談紅找自己有什麼事？

傅華接通了，問：「談經理，有什麼指示啊？」

談紅笑笑說：「我哪敢指示你啊？你現在在哪裡？能不能過來我這邊一下？」

傅華說：「我回海川有點事，一時無法過去，找我有事嗎？」

談紅說：「你在海川啊，算了，電話上跟你講也是一樣。傅華，你岳父是不是那個做投行的鄭堅啊？」

傅華有點意外談紅會突然跟他談起鄭堅來，便說：「是啊，鄭堅是我岳父，你有什麼事情需要找他嗎？」

談紅笑說：「我倒沒什麼事情要找他，只是我聽到一個消息，是我認識的一個專跑證券的記者私下跟我講的，有人向他爆料了一些你岳父的不法行爲，說是你岳父最近在運作上市的一家公司可能出了點問題，據說這家公司涉嫌作假賬，虛報資產和利潤，在財務報表上把資產放大了五倍……」

傅華的心一下子揪緊了，問道：「談紅，你說的這家公司是不是中天集團啊？」

談紅詫異地說：「看來你知道這個情況啊，是啊，這家公司就是中天集團，前段時間還當過北京的地王呢。據說中天集團就是爲了上市，才花了大力氣爭到了這個地王，說是可以借此吸引市場的關注。這也是投行運作上市的一個操作手法。」

傅華說：「談紅，你告訴我這個，是不是說問題很嚴重啊？」

談紅嚴肅地說：「我就是這個意思，我那個記者朋友說，這件事情很快就要見報，你提醒一下你岳父吧，要他有個心理準備。我朋友所在的報社是家大報社，不是查證屬實的事是不會見報的。同時，也因爲這家報紙影響很大，估計一登出來，證券管理部門一定會調查這件事情的。」

傅華感激地說：「我明白你的意思了，謝謝你啦，談紅。」

談紅說：「不用這麼客氣，我們是朋友啊，我不能聽到這樣的消息還裝不知道。你趕緊跟你岳父說一下吧。」

傅華說：「好的，我馬上就跟他通個電話。」

談紅便說：「那好，我掛了啊。」

傅華正準備掛電話時，談紅又講了一句：「誒，對了，傅華，還有件事要跟你說，是有關海川重機重組的事。你當初跟我說的分析很對，是有人在獵我們的莊。現在我們已經知道是誰在背後搞的鬼了。」

傅華驚說：「你們找到對手了？」

談紅說：「是啊，我們找到了，是一個叫做湯言的傢伙，他是獵莊高手，這次我們頂峰證券算是栽在他的手裏了。他跟利得集團私下達成了股權轉讓交易，把頂峰證券給裝了進去，讓我們受了很大的損失。行了，這件事估計很快你們市政府就知道了，你回北京之後我們再談吧，我就不跟你囉嗦了，你還是趕緊通知你的岳父吧。」

談紅就掛了電話。

傅華看了看一旁的鄭莉，說：「怎麼辦，談紅說你爸爸可能要有麻煩了，我們要不要通知他？」

鄭莉面色凝重地說：「我在旁邊都聽到了，可能林董就是爲了處理這件事才急著趕回北京的吧？」

傅華憂心地說：「應該是。」

鄭莉思索說：「既然林董都知道了，估計我爸也知道出問題了，我們再通知他，還有必要嗎？」

傅華想了想說：「你說的也不無道理，照理說你爸應該是知道了，不過我們也無法確定，還是跟他說一聲比較保險，萬一他還不知道呢？如果他還不知道的話，我們通知他，他也能事先有個心理準備。」

鄭莉笑說：「你這個做女婿的還挺疼老丈人的嘛，你就沒想想他是怎麼對你的？」

傅華說：「他對我再不好，也是你的爸爸，不是嗎？你還是趕緊給他打個電話吧。」

鄭莉說：「這個電話還是你打吧，這個好人你做比較合適。」

傅華明白鄭莉讓他打這個電話，是好跟鄭堅化解掉兩人間的僵局，便笑笑說：「行，我打就我打。」

傅華就撥通了鄭堅的電話，鈴聲響了許久，鄭堅終於接通了，一開口就沒好氣的說：「小子，打電話給我幹什麼？」

傅華說：「也沒什麼，就是我聽到了一個消息，說是你在運作的中天集團上市的事出了點狀況，就想跟你說一聲，讓你好有個心理準備。」

鄭堅愣了一下，說：「這件事你怎麼知道了？」

鄭堅果然是已經知道消息了，傅華說：「是我一個朋友得知後，告訴我的。」

鄭堅沒好氣地說：「那你打電話來，是不是想看我的笑話啊？現在看我出事了，你心裏很高興，樂得不行了？」

沒想到鄭堅會這麼說，傅華氣的說道：「如果我想看你的笑話，我自己偷著樂不就行了嗎？還打電話給你幹嘛？我沒你那麼小肚雞腸，我只是想提醒你一下，早些做準備，估計下一步證監會可能要調查你了。」

鄭堅冷冷的說：「小子，不用你這麼好心了，我自己的事情，我自己能應付得了。」

「要不是因爲你是小莉的父親，我才不做這個好人呢。」說著，傅華氣哼哼的掛掉了電話。

鄭莉在一旁看著氣憤的傅華，笑說：「馬屁拍到馬腿上了吧？」

傅華氣呼呼地說：「你爸真是不可理喻啊，明明我是想幫他，他還這種態度。」

鄭莉勸道：「他就這個脾氣，錯了也不認錯的，不要跟他計較了，不值得。」

傅華說：「這倒也是。不去管他啦。誒，小莉啊，我們也要準備一下回北京了，談紅剛才說湯言跟利得集團私下達成了股權交易，有些事情我想回去瞭解一下。」

鄭莉不禁抱怨說：「這個湯言還真是很煩人啊，怎麼就纏住你不放了？」

傅華笑說：「沒辦法，誰叫我娶了他最喜歡的女人啊！」

鄭莉聽了笑說：「看樣子你很得意啊？」

傅華說：「那當然。」

鄭莉推了傅華一把，說：「別這麼囂張了，你忘了被人家打得鼻青臉腫的事啦。」

「那是他想借此報復我罷了。誒，我怎麼覺得你的立場不太對啊，你怎麼幫著別人來笑話我啊？是不是覺得舊情人比我好啊？」傅華忍不住說。

鄭莉回說：「去你的吧，誰覺得湯言好了？反倒是你，昨天在爸媽墳前抱著小婷那一通哭，我看著都很傷心，是不是你對她還舊情難忘啊？」

傅華笑說：「我就覺得昨天你的臉色不好，看來你還真是吃醋啦。你應該明白我的心情，我現在只是拿小婷當妹妹，根本就沒那種想法的。」

鄭莉扁了扁嘴，說：「我在旁邊，你當然只好拿她當妹妹了，這一次如果我不跟著你們回來，說不定你會拿她當什麼呢。」

傅華的臉色沉了下來，他看了看鄭莉，說：「小莉啊，我怎麼覺得你就是看小婷不順眼呢？你這樣子可不對。我跟你說，我跟小婷的那段歷史是無法抹殺的，就算離婚了，我們之間也不可能一點感情都沒有。你要老是這麼疑神疑鬼的，只會給你自己心裏添堵，何必呢？」

鄭莉也不高興了，說：「什麼叫何必呢，誰會願意看著自己的丈夫跟別的女人黏黏糊糊的啊？你既然知道我不喜歡你跟她這麼親密，你就應該有點分寸，起碼也應該在我面前裝裝樣子。」

傅華叫說：「什麼別的女人啊，小婷是別的女人嗎？她是我的前妻，小昭的媽媽，這個關係是很特殊的。」

鄭莉哼了聲說：「你不用衝著我嚷嚷，你們之間究竟是什麼關係，不用這麼大聲我也知道，你知道我昨天看你們抱在一起哭的時候，我有一種什麼感覺嗎？我感覺我在你們面前是個多餘的人，你們關係特殊？那要不要我退出，讓你們重修舊好，把關係搞得更特殊一點啊？」

傅華被搞得頭大了，說：「小莉，你怎麼越說越不講理了呢？」

鄭莉回說：「誰不講理了，難道我說的不是事實嗎？」

正在兩人你一言我一語互不相讓的時候，趙婷帶著傅昭走了進來，看到兩人都氣哼哼的樣子，奇怪地問說：「你們怎麼了？發生什麼事了？」

傅華強笑了一下，說：「沒事，你過來幹嘛？」

趙婷說：「中午了，我想過來問一下，我們午飯要怎麼解決？」

傅華便說：「我們下去吃好了。」

鄭莉也假裝沒事地說：「原來已經中午了，走吧，我們下去吃飯吧。」

四人就去了餐廳。趙婷似乎感覺到了什麼，不時的偷看著鄭莉和傅華的表情，鄭莉和傅華剛吵完架，舉止間難免就有些不自在，這頓飯吃得相當尷尬。

吃飯當中，傅華告訴趙婷他要趕回北京，問趙婷需不需要幫她做什麼安排。

趙婷搖搖頭說：「我覺得這個海川大酒店環境挺好的，你們走後，我也不想換地方了，就住在這裏好了。」

傅華知道住酒店的費用對趙婷來說不是問題，就笑笑說：「這樣也好，也方便，悶了的話，你就讓丁益過來陪陪你好了。」

吃完飯後，傅華去了孫守義的辦公室，他得跟孫守義打聲招呼再走。

孫守義聽說他要回北京，倒是沒表示什麼，他關心的並不是傅華的去留，而是爲什麼林董突然要離開海川，便問傅華：

「你和林董都匆匆忙忙的要回北京，是不是北京發生了什麼事啊？」

傅華回說：「我要做的事都做完了，也該回去了，倒是林董似乎是公司出了點事。」

孫守義好奇地問：「你知道中天出了什麼事嗎？」

傅華看了看孫守義，他覺得應該把事情多少透露點給孫守義知道，好讓孫守義心中有個底，便說：「我聽到了一點風聲，不過不敢保證事情一定就是這樣。」

孫守義說：「這社會有風就會有雨了，說吧，是怎麼回事？」

傅華說：「這倒不是林董跟我說的，而是一個朋友跟我說的，說是有記者告訴她，中天集團運作上市的過程中出了點問題，涉嫌財務作假，刻意放大資產規模。」

孫守義一聽，臉色就變得很難看，說：「記者，財務作假？這麼說，這件事媒體已經知道了？」

傅華說：「我也不敢確定，不過，如果這個消息是真的話，估計很快就會在媒體上曝光了。」

孫守義馬上就意識到問題的關鍵在哪裡了，如果中天的事被曝光，那中天集團就是一家有嚴重問題的公司，恰在這個時候舊城改造項目要公開競標，這兩件事趕在一起，就算是中天集團拿出再好的方案，估計評標人也不敢讓中天集團得標的，誰願意擔這個罵名啊？這一招真是夠毒的，此招一出，估計中天集團敗局已定了。

孫守義心情很沮喪，眼看事情就要開花結果了，沒想到最後還是功敗垂成，這個滋味很不好受。

孫守義看了看傅華，說：「我知道前段時間束濤去了北京，中天集團出事，是不是就是他搞出來的啊？」

傅華攤了攤手說：「這個我就不知道了。」

孫守義心想：束濤這個王八蛋還真是狡猾，不聲不響就跑去北京，找到了中天集團最致命的弱點。他真的這麼聰明嗎？還是背後另有高人指點？孫守義很懷疑這裏面是張琳在其中興風作浪。等著吧，白部長不會就這麼容易被你耍弄的。

張琳應酬到很晚才回到家裏，束濤已經等他很久了。

張琳意外地說：「這麼晚你跑來幹嘛？」

束濤笑了笑說：「我有事情跟張書記彙報。」

張琳饒有興味地看了束濤一眼，說：「今天中天集團的林董打電話來，說有急事要回北京去處理，他們公司的急事是不是你搞出來的？」

束濤笑笑說：「什麼都瞞不過張書記，我來跟您彙報的就是這件事。我這裏有幾份資料，你看完就明白林董是爲什麼急著回北京了。」

束濤就遞給張琳幾張白紙，張琳接過來看了一眼，是幾份列印的文章，第一份標題是《中天集團爲上市不擇手段，虛報資產和利潤》。接下來是《投行虛假申報上市資料，中天集團意圖蒙混過關》……張琳大致看了看文章的內容，這些內容都十分犀利，如果他是中天集團董事長的話，看到這些資料一定會大汗淋漓的。

這些資料倒是攻擊中天集團的利器，不過這利器還要看怎麼用，才能對林董一擊斃命，就笑了笑說：「你給我看這些幹嘛？這是你準備舉報中天集團的資料嗎？」

束濤笑了，說：「舉報他？我沒那麼傻，舉報他，他花點錢就能擺平了，就算是擺平不了，他也可以想辦法拖延下來，不把這些資料向社會公佈，如果是這樣子的話，豈不是太便宜他了？」

張琳說：「那你這是想幹嘛？」

束濤說：「這是明天國內各大媒體、財經版面即將刊登的頭條新聞，這要是登出來，中天集團在全國人民面前就等於是身敗名裂，更別說是上市了。這也是林董爲什麼要匆忙趕回北京去的原因了，我估計肯定有人跟他透露了這個消息，他趕回去是想趕緊做補救的措施，讓媒體把這個頭條新聞給撤下來。」

張琳看了束濤一眼，說：「他有辦法補救嗎？」

束濤笑了起來，說：「他想得美，這個我可是花了大價錢才運作好各大媒體的，他想阻擋這條新聞是不可能的。此刻，我想在北京的林董一定是欲哭無淚了，因為沒有一家媒體會答應他撤掉這條新聞的。」

張琳看了看束濤，佩服地說：「你這手做得真夠毒的，不但讓中天集團想要競標舊城改造項目成為泡影，也等於毀掉了中天集團的上市大計，姓林的這下子可被整慘了。」

束濤笑說：「這怨不得我吧？誰叫他想從我嘴裏搶食吃呢。」

張琳擔心地說：「這會不會有點太過頭了？你這樣子做，中天集團一定恨死你了。」

束濤笑了笑，說：「這就沒辦法了，商場如戰場，我如果不整死他的話，我就完蛋了。張書記，等這些新聞見報之後，你就可以拿著這些報紙去跟省裏的白部長彙報了，我想他一定不會再讓你照顧中天集團了。」

說起白部長，張琳臉上的笑容沒有了，雖然束濤的做法讓他在白部長那裏可以解釋的過去，白部長看了這些新聞，也一定不會再堅持讓他把舊城改造項目給中天集團。但是他等於是失去了一個很好的討好白部長的機會。相比起幫忙束濤得到這個項目，不知道他究竟是得到的更多，還是失去的更多。

張琳嘆了口氣，說：「白部長那裏是可以解釋得過去，只是這人還是被我得罪了。」

「您就放心吧，我不會讓您因此吃虧的。」束濤說著，把一個存摺遞給了張琳，說：「這是我讓人在香港匯豐銀行給您開的戶頭，裏面的數字，我想您會滿意的。」

張琳打開存摺，看了一下數字，臉上並沒有露出很高興的樣子，他把存摺放到了一邊，說：「錢倒是不少，不過呢，這一次我損失的恐怕不僅僅是錢。」

束濤立刻說：「這個我也想到了，我已經幫您準備了一份厚禮，回頭讓孟森替您送給孟副省長，孟副省長是下一屆省長的熱門人選，我想白部長絕對不會爲了一個北京的商人去得罪未來的省長的。您說是吧，張書記？」

張琳臉上這才露出了笑容，這些年來，他在市委書記任上一直謹小慎微，張不敢得罪，李不敢得罪的，很重要的一個原因，就是他身後沒有強硬的後臺支撐著。

也正因爲如此，他跟身後有郭奎支持的金達，以及身後有北京高幹支持的孫守義叫起板來，就顯得沒有什麼底氣。現在如果能跟孟副省長建立起密切的聯繫，那他在東海的未來就有了一定的保證，這對他來說，自然是求之不得的好事。

張琳笑笑說：「束董，你幫我想的還真是周全啊。」

束濤說：「張書記，您這話就見外了，我們這些年一直合作得很好，這一次不是您提醒了我，我也不知道該從哪下手啊？我爲您多想一點也是應該的。」

張琳聽了說：「這倒也是，不過，孟副省長那邊是不是我本人去一趟比較好啊？光讓孟森那傢伙去，不一定能把我對孟副省長的尊重之意表達得很清楚。」

束濤明白張琳是想跟孟副省長有更近的接觸，便笑笑說：「這簡單，回去我馬上就讓孟森安排您去見孟副省長。」

第四章

名家真跡

孟森說著，就拿出一幅卷軸遞給張琳，張琳打開一看，
是一幅水墨的奔馬圖，題了「追風」兩個字。
這件作品不僅從外形顯出奔馬的神駿和壯美，
更從內在的精神表現了奔馬的馴良。畫上沒有落款，只有東海王孫的鈐記。

第二天，一早孫守義就去了金達的辦公室。海洋科技園的研討會明天就要召開了，今天下午，一些入會的專家就會來海川，他需要跟金達彙報一下，敲定最後的細節。

這次研討會不但北京的張教授要來參加，因爲張教授的關係，省委書記郭奎也會來。

省委書記要來參加的會議，孫守義絲毫不敢馬虎，要是什麼地方有了閃失，他在郭奎的眼中，辦事能力可就大打折扣了。

他把研討會的籌備情形一一作了彙報，金達連連點頭，說：「老孫，你做得很不錯，我想郭奎書記應該會很滿意的。」

孫守義笑笑說：「希望郭書記能滿意。說實話，我還是第一次籌備這種大型的會議，心裏一點譜都沒有。」

金達鼓勵他說：「你想的已經很全面了，我感覺很好。我相信明天這個會議一定能開得很成功。」

孫守義總算放心了些，說：「那就好，等會兒我再去會場上轉一下，看看現場的狀況，確保沒有任何疏漏。」

金達點點頭說：「行，老孫啊，你這人做事還真是仔細啊。」

孫守義說：「那我就去了。」

金達喊住了他說：「先別急，老孫，今天的報紙你看了沒有？」

孫守義不好意思說：「一上班我就過來了，還沒看報紙呢。」

金達說：「這份報紙你看看吧，中天集團好像出問題了。」

孫守義接過報紙，馬上就看到報上斗大的標題《中天集團爲了上市不擇手段，虛增資產和利潤》，心裏想道：束濤的動作還真是快啊，昨天才剛聽傅華說這件事，今天就見報了。

孫守義流覽了一下內容，把報紙遞還給金達，說：「看來中天集團本身是有問題啊，我們在評標的時候可得要注意了。」

金達有意地看了孫守義一眼，說：「老孫，我怎麼覺得你一點都不驚訝啊，難道你早就知道這件事了？」

孫守義點點頭說：「昨天傅華來跟我辭行的時候，已經提過這件事，他說是一個朋友跟他講的。」

金達愣了一下，說：「傅華回海川了？爲了什麼事啊？」

孫守義回說：「是他個人的一點私事，帶他家人回來給父母掃墓的。今天飛北京的飛機。您找他有事啊？要不要我跟他說一下？」

金達會發愣，是因爲傅華這次回來，竟然跟他連個招呼也沒打，倒是來去都跟孫守義說，似乎現在傅華跟孫守義比跟他更親近一些。這讓金達心裏很不舒服，他感覺傅華跟他越來越漸行漸遠了。

不過這也在情理中，金達已經確切的感受到自己今非昔比，讓以往的一些朋友漸漸疏遠，這種仕途高升帶來的後遺症，他也無法避免。

金達搖了搖頭，說：「我沒有想要找他，就是有點意外他在這個時間回來了。」

孫守義又問金達，說：「那您對中天集團這件事是怎麼想的？」

金達笑笑說：「還能怎麼想啊，我對招標一向是秉持公正公平公開的原則，中天集團既然存在這些問題，我們對它的競標方案就要詳加審查，不要被他們矇騙了。不過，張書記似乎跟中天集團相處得很熱絡，不知道他會不會在評標的時候支持中天集團啊？」

孫守義心中暗想，你大概還不知道這一切都是張琳搞出來的吧？他會支持中天集團才是見鬼了呢。

孫守義也有些搞不清楚金達爲什麼會這麼問，其實金達是被最近接二連三發生的事情給鬧糊塗了，張琳一下大力支持束濤競標舊城改造項目，一會兒又熱情接待林董，因此金達還真是弄不明白張琳現在究竟是持怎樣的一個態度。

孫守義因爲不知道金達心中是怎麼想的，就不好在金達面前褒貶張琳，便笑笑說：「張書記是舊城改造項目領導小組的組長，他是什麼樣的態度，我也拿不準啊。」

金達笑了笑，說：「也是啊，我們還是忙活我們的研討會吧。」

孫守義點點頭說：「對啊，這才是我們目前工作的重點，如果您沒什麼事的話，我要去會場看一看了。」

金達說：「行啊，你去吧。」孫守義就離開了金達的辦公室。

金達可以感覺得出來，孫守義並沒有堅持支持中天集團，倒好像贊同否定中天集團似的，這又讓金達有點摸不清頭緒了，原本孫守義是十分支持中天集團的，甚至還不惜跟張琳鬧得很不愉快，難道現在他的態度也轉變了嗎？

最近一連串的變化實在是太令人目不暇接了，搞得自以爲很有頭腦的金達也不知道這些人究竟是怎麼想的啦。

下午，金達和孫守義一起去機場接了張教授。

張教授是全國海洋科技的權威，在行內影響巨大，就連郭奎也很尊重他，金達和孫守義自然不敢怠慢，隆重的迎接了他。

張教授對這樣的場面早已見怪不怪，他很有風度的跟金達和孫守義握了握手，就跟著兩人去海川大酒店住下。金達跟張教授講省委書記郭奎晚上會來海川，到時候可能會來拜訪張教授。

張教授笑笑說：「我跟郭書記早就認識，他對我們這些學者十分尊重，是一個很不錯的人。」

晚上，金達和張琳就一起接了郭奎，郭奎到海川之後，就先問張教授到了沒，金達立即對郭奎彙報了對張教授的安排情況。

郭奎聽完，笑說：「我跟張教授是老朋友了，他在政治局講過課，我還專門請教過他關於海洋科技的問題呢。走吧，先帶我去見見他吧。」

張琳和金達就陪郭奎去了張教授的房間。

郭奎一見到張教授，就熱情地握住張教授的手，說：「張教授，您這大學者來我們東海一趟不容易，這一次可要對海川的海洋科技園多加指點啊。」

張教授謙虛地說：「郭書記真是太抬舉我了，我只是有點虛名而已。海洋科技園的資料我很詳細的看了，很好，很有前瞻意識。郭書記，東海在您的帶領下，又走到了其他省分的前頭了。」

郭奎聽了，高興地說：「我可不敢貪天功爲己有，要說海洋科技園做得好，這都與他們有一個很好的市長分不開的。我跟您說，金達市長從海洋戰略的發想到園區的規劃，都是他一手弄起來的。」

張教授點點頭：「我來之前就聽說過，金達市長是一個學者型的官員，他的海洋戰略和科技園的規劃設想都很有想法。郭書記，強將手下無弱兵啊。」

郭奎轉頭看了看金達，笑笑說：「秀才，不錯啊，張教授誇你了，你可不准給我驕傲啊，這次張教授來海川，對你們海川來說是個大好的機會，你們一定要抓住這個機會，好好向張教授請益。」

金達趕忙說：「一定，一定。」

坐在郭奎身旁的張琳看金達臉上笑得那麼燦爛，心裏別提多彆扭了。郭奎這等於是在公開的表揚金達，金達此刻心裏一定是樂開了花啦。

郭奎對金達這個子弟兵還真是不遺餘力的培養啊，而自己這個市委書記雖然就坐在郭奎不遠，但是郭奎卻連正眼都不看他，兩相比較，他心中立即浮起一陣危機感，看來金達取代自己是遲早的事了，只是不知道郭奎打算怎麼安排自己。

「張同志。」張琳正在尋思著，沒想到郭奎就點了他的名字，這讓他心裏多少平衡了一點，總算郭奎的眼中還有他這個市委書記。

張琳趕忙回說：「郭書記，您有什麼指示？」

郭奎下達指令說：「海洋科技園區這個項目對我們東海省來說，是有指標作用的，這個項目搞好了，收益的可不僅僅是你們海川一家，還有我們東海省。你作為海川市的一把手，要認識到這個項目的重要性，要大力支持金達同志的工作啊。」

張琳心裏更彆扭了，好不容易被郭奎點到名字，結果郭奎卻說了這麼一套出來。話說他才是海川市的一把手，就算是配合工作，也應該是金達配合他才對啊，郭奎真是太不拿他這個市委書記當回事了。

張琳雖然一肚子怨氣，卻不敢在郭奎面前有絲毫的不滿，他露出了燦爛的笑容，說：「郭書記，您放心好了，我們海川上上下下都把發展海洋戰略和海洋科技園當做目前工作的重中之重，我一定會大力支持金達同志，搞好這個項目的。」

郭奎意味深長地看了張琳一眼，笑了笑說：「你有這個認識很好，說明你跟金達同志是很團結的，我很欣慰，一個團結的班子，才是有戰鬥力的班子，才能帶領著同志們打好每一個戰役。」

郭奎這麼說，讓張琳的後背一陣發緊，他跟金達前段時間爲了舊城改造項目，差一點就公開衝突起來，郭奎不可能一點沒有耳聞，此刻郭奎在他面前談班子團結，他心中不免打起鼓來，郭奎說這些不會是刻意要敲打他吧？

第二天，海川海洋科技園研討會如期舉行，郭奎在研討會上講了話，首先向研討會表示祝賀，然後高度評價了海川科技園做出的成績。

郭奎雖然沒有直接點出金達的名字，可是誰都知道這個科技園是金達一手搞起來的，坐在主席臺上的金達可以感受到全場的目光都聚焦在他身上。

他提醒自己千萬要冷靜，不要得意忘形，但是內心的喜悅卻難以自抑，有點飄飄然

的，似乎看到自己光輝美好的未來了。

此刻，他一點都沒想起當初他的海洋發展戰略規劃是傅華幫他一起設計的，眼前的榮耀，傅華應該也有一份功勞，然而，他卻理所當然的認爲這一切都是靠他自己一個人的力量達成的。

同坐在主席臺上的張琳，臉上的笑容有些勉強，強笑著聽著郭奎的談話。

郭奎講完話，跟張教授打了個招呼，就離開了會場。張琳便藉著送郭奎離開的機會也離開了。

他陪同的任務已經完成，不想再給金達的臉上貼金，既然研討的是金達的工作成績，那就讓金達自己把戲演完就好了。

張琳回到自己的辦公室，便打電話給束濤，問他跟孟副省長的會面約得怎麼樣了。

他想趕緊進省一趟，一方面跟孟副省長見個面，鞏固一下自己岌岌可危的位子；另一方面，中天集團的事情曝光，他也該跟白部長見面，說明舊城改造項目恐怕無法讓中天集團得標了。

束濤就問孟森，孟森打電話給孟副省長，孟副省長說今晚他有時間，如果張琳能趕到省裏去，他可以跟張琳見面。

張琳一想，晚上跟孟副省長見面，轉天早上正好可以去找白部長解釋中天集團的事情，時間上倒是剛剛好，就跟孟森說他馬上就可以趕去省城，讓孟森先去省城等他。

晚上，張琳和孟森在齊州一家很偏僻，名叫「泉城酒店」的酒店裏見了面。

選擇這個地方也是張琳的意思，他不想去齊州大酒店，那裏有很多的省裏官員出入，讓人見到他跟孟森見面，消息很快就會傳回到海川去的。

雖然張琳這一次是求自己辦事，但是孟森在張琳面前並沒有表現出倨傲的樣子，相反地，他十分畢恭畢敬，顯得對張琳很尊重。

這一方面是因爲束濤特別叮囑過他，讓他別在張琳面前太張狂；另一方面，他也知道這些位高權重的官員們是得罪不得的，孫守義的事就是一次教訓。因而張琳對孟森的表現還算滿意。

坐定之後，張琳淡淡的問道：「跟孟副省長都約好了？」

孟森看張琳這副不冷不熱的樣子，心裏就有些想罵娘，自己跑這麼遠來幫他拉關係，他竟然連句客氣話都不肯講，他拿自己當什麼啊？當是他的下屬嗎？

孟森心裏雖然在罵娘，臉上卻是笑容燦爛，說：「已經約好了，孟副省長說，晚上九點多他就能應酬完，讓我們去他家裏等他。」

張琳點了點頭，說：「那就好。誒，束董說給孟副省長準備的禮物呢？」

孟森說：「早就準備好了，是一幅徐悲鴻的奔馬圖，孟副省長是屬馬的，送他奔馬圖，他肯定會喜歡。」

張琳很滿意地說：「東董還挺雅致的嘛。」

孟森笑笑說：「東董說，送這個既價值不菲，又避免了您跟孟副省長之間的尷尬，是一份很合適的禮物。」

送書畫其實是古已有之的雅賄方式，行賄人不送官員真金白銀、香車豪宅和有價證券，改而送名家字畫、珍奇古玩等，這樣子既隱蔽安全，又附庸風雅。

這樣的送法，因為不是錢財，送的人坦然；收的人也覺風雅，可以顯示自己的檔次。明明是骯髒的行賄受賄，這麼一來就被遮蔽在貌似的文人雅趣煙幕裏。

孟森說著，就拿出一幅卷軸遞給張琳，張琳打開一看，是一幅水墨的奔馬圖，題了「追風」兩個字。這匹馬沒有馬鞍，沒有韁繩，在寬廣的原野上狂奔，這件作品不僅從外形顯出奔馬的神駿和壯美，更從內在的精神表現了奔馬的馴良、堅毅、敏捷等性格特徵。畫上沒有落款，只有東海王孫的鈐記。

這幅畫畫得極為生動，很有神韻，只是沒有看到徐悲鴻的名字，張琳便問孟森，上面沒有寫徐悲鴻三個字，怎麼知道是徐悲鴻的呢？

孟森說：「這東海王孫的章就是徐悲鴻的，據說是徐悲鴻早期用的。」

張琳心想，沒有徐悲鴻的名字在上面，這個禮物可就大打折扣了。官員們喜歡附庸風雅，對字畫的鑒賞能力卻很有限，不用說別人了，就是自己拿到這樣一幅畫作，心裏也會犯嘀咕的，一定會想這幅畫究竟是不是徐悲鴻的真品啊？他心裏就有些不太舒服。

不過到了這個時候，也無法更換禮物了，張琳只好把畫捲了起來，收好了。

時間尚早，兩人就點了些飯菜來吃，因爲晚上要去見孟副省長，兩人都沒喝酒，怕因爲喝酒失態，在孟副省長面前失了體面。

時間很快到了晚上九點，束濤和張琳就去了孟副省長家，保姆開了門，把兩人讓進了屋內。

孟副省長已經回來了，看到張琳，笑了笑說：「是海川張書記啊，你可是稀客啊。」

張琳立刻說：「早就想來登門拜訪孟副省長您了，可是一直不得其門而入。今天幸好有孟董幫忙，我才能有機會看看您府上究竟是什麼樣子啊。」

孟副省長笑笑說：「看張書記說的，好像我這個門有多難登一樣，今天我這裏你也算是認識了，有空歡迎你多來做客啊。」

說笑間，孟副省長把張琳和孟森讓到了客廳，說：「來張書記，坐坐，小孟啊，你幫我泡茶。」

孟森對孟副省長家倒是熟門熟路，便找出茶葉，泡上了茶，給張琳和孟副省長各倒上一杯。

孟副省長說：「今天郭書記去你們海川開會了，是吧？」

張琳知道孟副省長這是沒話找話說，便笑笑說：「郭書記是去參加我們海川科技園的研討會，他去開會，給我們海川市增添了不少的光彩，會議開得很成功。」

孟副省長直白地說：「恐怕金達臉上增添的光彩更多吧？」

張琳臉上紅了一下，孟副省長說中了他的心事，讓他多少有點尷尬。不過他很快就恢復了正常，笑了笑說：

「孟副省長您說的是，郭奎書記對金達同志是很讚許，不過這也應該啊，海川海洋科技園是金達同志一手搞起來的，金達同志的功勞很大，也應該受到表揚。」

孟副省長點了點頭，說：「以前有人在我面前說你張書記是謙謙君子，我心中還不以為然，心說時下的官場，每個人都削尖了腦袋往上鑽，怎麼還會有謙謙君子的存在啊？不過今天看你對金達同志的態度，還真是很有君子的大度啊。」

張琳面露微笑，謙虛地說：「孟副省長謬讚了，我說的都是事實啊，不存在大不大度的問題。」

孟副省長不禁為他抱屈說：「什麼是事實啊？事實是張書記才是海川的一把手，你是代表黨委領導海川市的全面工作，海川市的那一項工作不是在黨委的領導下完成的？沒有吧?海洋科技園雖然是金達同志主抓的工作，但是沒有黨委的大力支持，他能這麼順利的完成嗎?這一切實際上都離不開張書記領導下的黨委的，你卻願意把功勞都歸功給金達，這不是謙謙君子，哪裡做得到啊?」

張琳不置可否的笑了笑，沒再說什麼。

他雖不願意把功勞都歸到金達身上，但是這麼說就等於是對省委書記郭奎有看法，傳到郭奎的耳朵裏，這後果就嚴重了。

孟副省長看張琳只笑笑不說話，便說：

「我知道你在怕什麼，郭書記表態了，你就只有附和他的意見的份了。其實我對郭書記這麼做是有些看法的。不就是因爲金達是他一手帶出來的嗎?有必要將他提高到那種程度嗎?海洋科技園到現在還只是建設階段，根本還是一個沒賺到錢的項目，未來究竟會怎麼樣，誰能說得準啊?現在就把它樹立爲全省的標桿，將來一旦失敗，要如何向其他縣市的同志交代啊?這根本就是不負責任的嘛。」

說到這裏，孟副省長看了張琳一眼，見張琳一臉尷尬的樣子，便說：

「張書記，你不用這麼緊張，我這個人性子直，有什麼說什麼的，就是郭奎書記在這裏，我也是要這麼說。好啦，不說這個了，說這個倒讓你們這些在下面工作的同志誤會我們省領導之間有什麼分歧了。其實郭奎書記是一個很優秀的領導，他是很能聽進不同意見的。我有些時候會在他面前據理力爭，事後我們兩人的關係不但不會鬧僵，反而會更親近。這就好像是夫妻一樣，吵吵架反而能加深感情。」

張琳又是笑了笑，沒說什麼。這牽涉到省領導之間的關係，他就更不好講什麼話了。

其實孟副省長現在敢在郭奎面前這麼硬氣，倒不是因爲郭奎真的那麼有容人之量，也不是因爲孟副省長敢犯言直諫，而是東海省目前的形勢越來越明朗，郭奎到了年紀，即將要去北京工作，很多人都在說呂紀要接省委書記，孟副省長要接省長。

郭奎和孟副省長，一個即將退出東海省的政治舞臺，一個是東海省即將升起的政治新星，此消彼長，郭奎對孟副省長容忍度加大也是很自然的，即使郭奎，現在恐怕也不願意得罪他的這些繼任者吧。

孟副省長就撂下了郭奎和金達的話題，笑笑說：「張書記，小孟說你想要見我，有什麼事嗎？」

這又是一句明知故問的話，張琳相信孟副省長肯定知道他的來意，因爲孟森不可能不跟他透露。張琳知道孟副省長問這句話，是想讓他自己把要投靠他的意思說出來。

但是話要是講的太直白了，說他要托庇於孟副省長，自己都覺得不太好，顯得他這個市委書記一點斤兩都沒有。但是這難不倒張琳，他很清楚話要怎麼說。

於是張琳笑笑說：「是這樣子的，孟副省長，您看您很少去我們海川，對我們海川市的工作也很少提出來指導意見，海川市的同志們對您都有意見了，說您對我們海川市的關心太少，我就想把海川最近一段時間的工作跟您彙報一下，希望您能在百忙當中找個時間去海川，指導指導我們。」

孟副省長聽了說：「張書記，你這話說的我都不好意思了，我真是很少去你們海川，好吧，這點我檢討，你要說什麼就說吧，看看我有什麼能幫你們海川的。」

張琳就裝模作樣的做了彙報，孟副省長也提出了幾個指導意見，孟副省長並答應會找時間去海川看一看。

兩人一板一眼的，倒真的是好像在彙報工作一樣。

其實對張琳和孟森來說，這並不難，他們每天的工作內容基本上都是這些，久而久之，他們對這套似真還假的把戲已經很能夠演得駕輕就熟了。

彙報完，也指導了，這場戲就接近尾聲了。張琳知道自己該告辭了，再演下去的話，這場戲就有歹戲拖棚的感覺了。

張琳便站了起來，說：「孟副省長，我們要告辭了，打攪您這麼久，真是很不好意思。」

孟副省長也站了起來，笑笑說：「張書記你來，我很高興。你來了，我才能聽到下面同志的聲音啊，這樣我們這些做省領導的，才會知道下面發生了什麼事，也才能做到政路暢通啊。以後有時間，歡迎你來我家坐一坐，我們也可以多交流一下嘛。」

張琳立即回說：「求之不得，求之不得。孟副省長，我來得匆忙，也沒給您準備什麼禮物，我知道您屬馬，就把手邊一張徐悲鴻的奔馬圖給您帶來了，只是一個小心意，不成敬意，希望您不要嫌棄。」

其實這一晚的鋪墊就是爲了送這幅畫給孟副省長，卻說得像是很隨意的一個動作。這是送禮中一個舉重若輕的手法，看似禮物送的不經意，實際上卻是一份很重的重禮。如此才不會讓收禮的人感覺到不好意思。

孟副省長看了張琳一眼，推辭說：「張書記，這個不太好吧？」

張琳殷勤地說：「我是覺得這幅畫跟您很有緣分才把它帶來了。您看，您是屬馬的，現在在仕途上又正是宏圖大展，往前狂奔的時期，這幅畫配您正合適。」

孟副省長十分高興地說：「叫你說的我都有些好奇了，我倒要看看我是怎樣的一匹奔馬了？」

張琳就把畫打開，孟副省長一看，眼睛裏立刻有了神采，這匹馬確實畫得很生動，讓他這個不太懂畫的人都感覺到畫上那匹馬無所畏懼、往前狂奔的氣勢，不由得就跟著心潮澎湃起來，他不禁脫口讚道：「好馬啊。」

張琳笑說：「我說這畫跟您有緣吧？」

孟副省長十分滿意，說：「這畫確實畫得很好，讓我的心都跟著馬奔跑了起來。這真是徐悲鴻的真跡嗎？」

張琳趕忙說：「應該是的，我請教過專家，這個東海王孫的鈐記是早期徐悲鴻使用的，再加上畫的技法純熟精湛，可以確定是徐悲鴻早期的畫作。」

孟森在一旁看張琳把他說的那套說辭搬來應付孟副省長，不由得就想笑，心裏暗道：這個張琳也太能蒙人了吧。

孟副省長又說：「既然是徐悲鴻大師的精品，那應該價值很高吧？」

張琳說：「價值方面我就不是很清楚了，這張畫是我祖父留下來的，一直藏在家中，並沒有向外人展示。後來到了我手裏才找人看過，確定是徐悲鴻的真跡。」

孟副省長看了張琳一眼，笑笑說：「這是你祖父留下來的？那張書記祖上一定是書香門第了？」

張琳隨口亂編道：「也算不上了，不過我祖父家裏算是饒有資產，曾送我祖父到國外學過美術，後來他在中學當美術老師，這張畫就是那個時期留下來的。」

明明這張畫是自己和東濤一起花了大價錢買來的，現在卻被張琳一本正經的說成是他祖父留下來的，聽到這裏，一旁的孟森再也忍不住了，撲哧一聲笑了出來。

孟副省長看孟森突然笑了起來，愣了一下，看著孟森問道：「小孟，你笑什麼啊？難道張書記說的事情很好笑嗎？」

孟森馬上意識到自己失態了，他不想壞了張琳的好事，他和束濤費盡心機搞來這幅畫，就是爲了張琳的仕途鋪路，好籠絡住他的，如果拆穿的話，豈不是前功盡棄？

孟森不是笨人，他腦子一轉，馬上就有了應付的招數，便笑笑說：「不好意思啊，孟副省長，我是覺得張書記說的這件事情很好笑。」

聽到孟森這麼說，張琳的臉色一下子就變了，孟森是知道畫的來歷的，他說好笑，難道是想拆穿事情的真相嗎？他瞅了孟森一眼，緊張的等著孟森把話說下去。

孟副省長詫異地看了看孟森，說：「小孟啊，我不覺得這件事有什麼好笑的，難道張書記說的都是假話嗎？」

孟森笑著搖了搖頭，說：「那倒不是，我是笑張書記的祖父做事不夠精明啊，既然他們家饒有資產，你說留什麼不好，非留這麼一張薄薄的紙片下來，烏七麻黑的，這頂什麼事啊？哪怕留根金條下來也比這個強啊，後代子孫也能跟著享點福啊，是不是？」

孟副省長聽了，忍不住笑說：「你這個小孟，就是不學無術，你懂什麼啊，這幅畫是藝術，藝術是無價的，可不是什麼金條能比的。」

張琳心裏鬆了口氣，還好孟森把場子給圓回來了，不然今天的局面還真是不好收拾呢。這個解釋倒是合情合理，也貼合孟森的身分。張琳便接口說：「孟董不愧是商人，說來說去都是金條財富什麼的。」

孟森也自嘲的笑說：「我還是喜歡看得見摸得著的財富，總覺得這些畫是虛的。好啦，我承認我是大老粗一個了。」

孟副省長不禁說道：「你這個大老粗也混得不錯啊，多少人一輩子也賺不到你這麼多錢的。」

孟副省長說著，將畫捲了起來，還給張琳說：「既然是張書記的傳家寶，我怎麼好讓你割愛呢？你收回去吧。」

張琳卻不肯接過來，將畫推了回去，說：「孟副省長，您這就見外了，既然您跟這畫有緣，就留下來賞玩吧。」

張琳一邊說著，一邊用眼神去示意孟森，讓孟森幫自己勸孟副省長把畫留下來。

孟森看到了張琳遞過來的眼神，馬上就明白他的意思，就笑著說：「孟副省長，張書記難得來一趟，這點心意您是一定要收下來的。來來，我幫您收起來。」

孟森說著，就從孟副省長手裏把畫拿了過去，自己走進孟副省長的書房，將畫放到了孟副省長案頭的畫筒裏。

孟副省長故作埋怨道：「你這個小孟啊，怎麼能替我擅作主張呢？」

話雖這麼說，孟副省長卻沒有阻止孟森，張琳就知道他是打算收下這幅畫了。

孟森很快就走了出來，說：「叨擾您很長時間了，我們就告辭了，孟副省長。」

「我送送你們。」孟副省長將兩人送出了門外。

在臨別跟張琳握手的時候，孟副省長又笑了笑說：

「張書記啊，謙讓在官場上並不是什麼美德，在工作上應該拿出點魄力來，畢竟你才是海川的一把手，有些時候就應該當仁不讓的。要知道領導都是欣賞有魄力的人，有些事情，該做就去做，不要怕嘛。」

張琳點頭說：「我會謹記您的指導的。」

孟副省長就用力握了一下張琳的手，說：「那再見了。」

張琳從孟副省長家裏出來，看了看孟森，忍不住質問說：「你是不是覺得我跟孟副省長說那幅畫的時候很可笑啊？」

孟森有點尷尬地說：「不是，我只是沒想到您會那麼說。」

張琳知道孟森一定是覺得他的做法很可笑，爲了解釋畫的來源，竟然把祖父給扯了進去，不過他不好太跟孟森計較，畢竟孟副省長這條線是孟森牽來的，目前看來效果還不錯，便笑了笑說：「我不那麼說不行，只有那麼說，才會顯得那張畫傳承有序，孟副省長才會相信畫真的是徐悲鴻的。」

孟森恍然大悟說：「原來這裏面還有這麼多道道啊，我一個粗人真是不懂。」

張琳笑了笑，沒再說什麼。兩人就此分手，明天還要去見白部長，他就找了一個賓館住了下來。

第五章

絕纓之宴

曲煒開導他說：「張書記啊，你就別那麼計較了吧。我們所處的位置都只是暫時的，沒有人能夠永遠占住什麼位置不動，總有一天要讓給別人的，你應該也讀過一些史書，『絕纓之宴』的典故你該知道吧？」

第二天一早，張琳精神百倍起了床，他仍然記得孟副省長昨晚最後跟他握手的力度，以及孟副省長說的那句話，該做就去做，不要怕。孟副省長這是在向他表示堅定的支持。有了孟副省長這個實力派人物的支持，他心中有底氣多了，對金達和孫守義，他也就沒那麼的擔心了。

吃過早餐後，張琳就去了省委組織部。沒想到白部長並不在辦公室，這讓張琳愉快的心情多少受了點挫折。

張琳就打電話給白部長，問白部長在什麼地方，白部長說他上午有個會議要參加，不能到辦公室去了，問張琳要彙報什麼。

張琳心想，中天集團的事最好是跟白部長當面做解釋比較好，便跟白部長約了下午三點在辦公室見。

掛了電話。張琳心裏就有點悶，原本他把時間安排的很好，現在白部長有事讓他等到下午，那他上午的這段時間就空了出來。這空出來的時間要幹點什麼呢？乾脆到省政府去好了，他想去看看省府秘書長曲煒。

張琳跟曲煒關係一直不錯，兩人同事的時候就處得不錯，曲煒去省裏後，兩人還保持著很密切的聯繫。

張琳去了曲煒的辦公室，曲煒正在埋頭批閱文件，看到張琳來了，便笑笑說：「張書記來啦，先坐一下，我把這份文件看完。」

張琳笑笑說：「你忙你的，我沒事，就是想找你聊聊天。」

等了一會兒，曲煒看完文件，這才坐到張琳的身邊，問說：「你這個大書記今天怎麼得閒了？」

張琳笑說：「我是來找白部長彙報事情的，結果白部長上午有會議，讓我下午再去找他，時間就空出來了。」

曲煒看了張琳一眼，常規上，要跟領導彙報事情，應該事先就跟領導敲定好時間的，這才不會撲空。特別是像海川這種離省城還有一段距離的地方，更應該這麼做。顯然張琳並沒這麼做，說明這件事可能不是一件很正式的事，也可能是他來省城辦別的事，臨時起意才要見領導的。

曲煒便隨口問說：「你這麼早來，是不是昨晚就到省城了？」

張琳說：「是啊，原本想早點來見白部長的，沒想到還是撲了空。」

曲煒聽了說：「你這傢伙，昨晚就到了，也不打電話來跟我說一聲，我也好請你吃個飯啊。」

張琳撒謊說：「昨晚到得很晚，就不好打攪你了。」

曲煒不禁說道：「你這個市委書記可真夠忙的，上午才接待了郭書記，晚上就趕到省城來啦。」

張琳嘆說：「對啊，做一個市委書記真的是很忙，哪像你老兄在省城這麼清閒。」

曲煒搖搖頭說：「我清閒？我這裏的事情一宗接著一宗，還都是些瑣碎的事，什麼時候清閒過啊。誒，我看了今天的省報，郭書記昨天可是大力的表揚你們海川，怎麼樣，很得意吧？」

張琳淡淡的說：「我得意什麼啊，這金子又不是貼在我的臉上！老兄，你也不是不知道，人家郭書記真正想要表揚的是誰。」

曲煒不禁看了看張琳，說：「我的張書記啊，有些話可不能隨便說的啊。」

張琳忍不住發著牢騷說：「這話也就是在你老兄面前我才敢說的，難不成你還想去告我的狀嗎？」

曲煒笑笑說：「我自然是不會去告你的狀啦，但是你自己也要嘴緊一點，別什麼話都拿起來就說。我們是多年的朋友了，我可不想見你禍從口出。」

張琳點點頭說：「在別人面前我是不敢這麼說的，你放心好了。」

曲煒勸說：「現在這社會沒有不透風的牆，最好是乾脆在誰的面前都不說。張書記，原本你跟金達不是挺配合得來的嗎？怎麼現在鬧得好像對他很有意見似的。聽說前段時間，你們還差一點直接衝突起來，爲什麼啊？」

張琳苦笑著說：「人家有郭書記撐腰，根本就沒拿我這個市委書記當回事啊。老兄，我這個市委書記做得很窩囊啊。」

曲煒開導他說：「張書記啊，你就別那麼計較了吧。我們所處的位置都只是暫時的，沒有人能夠永遠占住什麼位置不動，總有一天要讓給別人的，你應該也讀過一些史書，『絕纓之宴』的典故你該知道吧？」

張琳自然知道「絕纓之宴」這個典故的由來，這是出於漢代劉向的《說苑》。故事是說楚莊王平息了叛亂，非常高興，班師回朝，在宮內舉行盛大的慶功宴，大擺筵席。

席間，楚莊王和群臣酒興未盡，莊王便命令點燃蠟燭繼續狂歡。莊王看到群臣們這樣高興，就讓自己的愛妃許姬給大家敬酒，正當她給大家一一敬酒時，一陣大風吹來，把大廳裏的燭火全吹滅了。就有人趁機扯住了許姬的衣袖，想調戲她。

許姬非常聰明，她並沒有聲張，而是趁機把那人的帽纓扯斷，然後把帽纓遞給了楚莊王，請求莊王查出這個人後處置。莊王聽後，並沒有按照許姬的要求，反而吩咐群臣說，今日宴會大家都把自己的帽纓摘下來。大臣們摘下自己的帽纓後，莊王才命令點燃蠟燭。

席後，許姬埋怨莊王不爲她出氣。莊王笑著說，人主群臣盡情歡樂，有人酒後失禮情有可原，如果爲了這件事誅殺功臣，將會使愛國將士感到心寒，便不會再爲楚國盡力，許姬不由得讚嘆楚王想得周到。

後來，楚莊王親自率領軍隊攻打鄭國，不料被鄭國的伏兵圍困住，正在危急時刻，副將唐狡單人匹馬衝入重圍，救出了楚莊王。莊王重賞唐狡，唐狡辭謝了，說絕纓之宴上扯許姬衣袖的正是他，所以今日捨身相報。莊王聽後感慨萬千。

後來，人們便用這個典故來表示做人要寬宏大量，之後必然會得到相應的報答。

張琳笑笑說：「絕纓之宴的意思我知道，但是也要分情況，有些人可不像那個將軍那麼知恩圖報。當初徐正做海川市長的時候，我這個市委書記可是很維護他的，但是後來他做了市長，卻對我一點都不尊重，這樣子的人，你怎麼去對他寬宏大量啊？」

曲煒心裏暗自搖頭，這個人怎麼點不醒呢？張琳完全誤會他的意思了，他講這個典故的意思，是人必須要寬宏大量才行，也不要想到將來還能得到什麼回報。

而張琳卻始終對這一點看不透，反而因爲金達對他不夠尊重而滿心怨氣。

問題是，你嫉恨金達，就能阻擋金達的上升之路嗎？現在的態勢看來，郭奎和呂紀都在高調的力挺金達的海洋科技園，這裏面包含的意味還不明顯嗎？就是要幫金達樹立政績嘛，怎麼張琳就非要逆這個潮流而動呢？這人還真是當局者迷啊。

曲煒跟張琳說這番話，實際上就是在點醒他，不要因爲金達可能對他市委書記的位置構成威脅，就跟金達鬥個不停。要知道水漲船高的道理，你如果跟金達配合得好，金達的功勞自然會有你一份；但如果跟金達爭鬥不休，最後吃虧的一定是你。

金達背後有省委書記和省長的支持，你背後有什麼啊？這樣子下去，人家要搬開你的時候，絕不會給你什麼好位置的。

這些話，曲煒不能跟張琳明講的，他跟張琳雖然是老朋友，但兩人的友情並沒有像他跟傅華那麼深，傅華是他一手栽培起來的，兩人情同父子，有些話就算說過頭了，傅華也不會生氣；而他跟張琳更多的是同僚關係，這裏面的顧忌就多了。何況看眼前的情形，就算是自己把話說透了，張琳也不一定會聽他的。

該說的話都說了，要怎麼做，那就是他個人的事了，張琳堅持要這樣下去，誰也拿他沒辦法。

雖然中午張琳仍然跟曲煒一起吃了飯，但是張琳心中很不舒服，他感覺這個老朋友過於偏向金達，甚至懷疑曲煒是不是因爲傅華的原因，在某些方面跟金達結成了一個政治聯盟。不然的話，曲煒也不會一味的勸他對金達要成人之美，而絲毫不幫他說句公道話。

成人之美？想的倒是不錯，可是金達那樣子根本就不需要自己幫他什麼，他的後臺已經夠硬了，自己再去錦上添花，換來的只會是金達更多的輕蔑，而不是感激。

再說，自己跟金達現在基本上已經是勢同水火，這時候再要來個態度上的大逆轉，不但金達會看不起他，就是像束濤這些跟著自己混飯吃的傢伙也會瞧不起他的。到那時候，自己便會裏外不是人。現在他已經沒有別的選擇，只有跟金達和孫守義鬥下去一條路了。

張琳跟曲煒分手後，看看差不多到了要跟白部長見面的時間，就去了省委組織部。

白部長看到他顯得很熱情，跟他握了握手，說：「不好意思張書記，上午我真是分不開身。」

張琳趕緊回說：「這要怪我，事先沒跟您打招呼就闖了來。」

白部長就把張琳讓到沙發那裏坐了下來。白部長看著張琳，問道：「張書記，你找我有什麼事啊？」

回絕人的話是很難開口的，尤其是回絕領導的，張琳乾笑了一下說：「是這樣子的，白部長，關於中天集團，我有些事需要跟您彙報一下。」

白部長哦了一聲，然後語氣平淡的問道：「中天集團出了什麼事啦？」

白部長的平淡，讓張琳心中直罵娘，中天集團財務作假的新聞，這幾天是各大報紙的財經頭條，白部長不可能沒看到這些新聞。既然看到了，白部長還來問中天集團怎麼了，就是故意裝糊塗了，這個意思就是仍然想要中天集團在舊城改造項目上得標。

雖然他可以想辦法讓中天集團得標，但這樣子的話，輿論壓力就完全壓在他的身上了，人們一定會質疑海川市爲什麼能讓一家財務作假的公司得標，這裏面是不是存在什麼幕後交易？何況他從一開始就不情願幫這個忙，完全是迫於情勢才幫助中天集團的。

張琳決定跟白部長把話講清楚，便從手包裹拿出幾份報紙，遞給白部長，說：「白部長，您看，這上面都登出來了，說中天集團財務作假，像這樣有問題的公司，海川如果讓它得標，是很難對社會公眾解釋的。」

白部長並沒有接過報紙，他笑笑說：

「不用看了，這個消息我看過了。其實呢，張書記，你跟我心裏都清楚，現在的公司爲了謀求上市，那一家不是財務上造假？不造假根本就上不了市的。不用說別家公司了，就說你們的海川重機好了，當初他們是快要倒閉的公司，如果不粉飾一下財務狀況，怎麼可能上市得了呢？上市之後，不是很快就虧損需要重組了嗎？所以你一定很清楚，中天集團是爲了達到上市的標準，才會在財務資料上造假的，並不是他們公司沒有這個競標項目的實力。你說是不是啊，張書記？」

張琳一聽愣住了，他沒想到白部長到這個地步仍然會這麼堅持的支持中天集團，原本他以爲只要把報紙給白部長看，白部長就會知難而退，不再堅持要中天集團得標了。

看來自己把問題想得太簡單了，張琳抬頭看了白部長一眼，正碰到白部長也在看他，他的眼神雖然平靜無波，但是看在眼中卻穿透力很強，似乎他心裏在想什麼都被看得一清二楚。

張琳心裏有些發毛，不過，此時他沒有退路，他已經接受了束濤的安排，不可能再調過頭去幫中天集團，否則束濤和孟副省長那邊一定不會放過他的，他也只有硬著頭皮回絕白部長了。

張琳便裝作爲難地說：「白部長，雖然是這樣，但中天集團作假的事已經被公眾所知，這種事，公眾不知道的話，我們還可以裝糊塗；公眾知道了，我們官方就必須要有個態度出來，否則的話，光是輿論的壓力我們就無法承受的。」

白部長略帶譏諷的說：「我還不知道張書記原來是這麼看重公眾輿論的啊。」

張琳這時已經不敢去看白部長的眼神了，他低著頭說：「現在這個時代，不看重也不行啊。」

白部長笑了笑說：「看來在張書記心目中，中天集團已經被判了死刑了。只是不知道既然中天集團無法得標了，那有可能得標的又是哪家有實力的公司啊？」

張琳被問住了，白部長跟中天集團走得那麼近，肯定知道跟中天集團競爭的是束濤的城邑集團，也一定知道前段時間舉報孫守義的是城邑集團，如果他跟白部長講明是城邑集團可能得標，那這背後隱藏的玄機就昭然若揭啦。白部長這種官場上厲害的角色，一定一眼就能看出其中的貓膩來的。可是不講吧，將來白部長知道結果後，八成會認爲他是做賊心虛。

張琳十分後悔不該來跟白部長當面彙報這件事，如果只是在電話上講講，這些都好糊弄過去。只因爲他想把戲碼演足，表現出誠意，讓白部長覺得他盡了力，偏偏白部長根本就不按照他預想的劇本走，反而把他逼到了牆角，不得不把尾巴露出來。

張琳只好硬著頭皮說：「白部長，目前來看，有實力競爭的，好像只有城邑集團了，如果沒意外的話，得標的很可能是他們。」

白部長不置可否的笑了笑，沒說什麼。張琳看白部長沒有表示什麼，心中多少鬆了口氣。兩人出現了短暫的沉默，張琳覺得是該告辭的時候了，他現在只想早點逃離這裏。

就在他想要站起來的時候，白部長又說話了：

「張書記，上次你們市裏出現了誣告副市長孫守義的事，雖然你們幫孫同志做了澄清，但是這件事情的幕後黑手卻一直沒被揪出來啊，你可是答應我要查清楚這件事的，怎麼好像沒了下文啦？這個不是那麼難查吧？」

張琳心裏咯登了一下，此刻白部長提出這件事來，擺明了就是在敲打他了。

張琳乾笑著說：「這個公安部門還在調查，回去我會責成他們加大偵查力度的。」

白部長冷哼了聲說：「沒結果你就說沒結果吧，什麼加大偵查力度，你會嗎？」

張琳尷尬地說：「一定會的，只是海川的公安局長是新來的，還不很熟悉海川的情況，所以這件事情就有點延宕了下來。」

白部長語氣陰沈地說：「藉口還挺多的啊，這麼說，你們一定能給我個結果了？」

張琳趕忙說：「一定會給您一個結果的。」

白部長笑笑說：「最好是這樣子，張書記啊，這件事情可不是我要逼你，而是因爲牽涉到中央交流下來的幹部，中組部也在關注著呢，我需要給他們一個交代啊。」

白部長把中組部都抬了出來，施加壓力的意圖十分明顯，張琳已經沒有退縮的餘地了，只能說：「放心吧，白部長，我會儘快給您一個答覆的。」

白部長看了張琳一眼，說：「那行啊，你回去吧。」

白部長說著，就走回座位，拿起文件開始看起來。

張琳看白部長居然連送他的意思都沒有，根本就是在下逐客令了，便尷尬的站了起來，說：「那再見了，白部長。」

白部長半天沒吱聲，連回答都懶得回答，張琳很清楚他是把白部長徹底給得罪了，只好灰頭土臉的往外走。

走到門口的時候，就聽白部長在背後說了句：「張書記，這次的花招玩得不錯，真是讓我刮目相看啊，不送了。」

張琳聽了，一時之間也難找到好的說辭，只好灰溜溜地離開了白部長的辦公室。

白部長看張琳走出了辦公室，把手頭的文件狠狠地甩在辦公桌上，心裏罵了句混蛋，沒想到這傢伙這麼狡猾，表面上虛聲應和自己，卻在背後玩陰的，擺了中天集團一道，更讓自己被當做傻瓜一樣耍了。

白部長一直以來都是被下面的官員當做祖宗一樣敬頌的，聽的都是奉承他的話，什麼時候受過這個氣啊？白部長心中暗自發狠，一定要想辦法教訓一下這個張琳！一個市委書記竟然敢玩弄起省的組織部長來了，如果不教訓教訓他的話，今後誰還會拿他這個省組織部長當回事啊？

不過眼下他必須對兩個人作交代，一個是中組部的沈老（即沈佳的父親）。中天集團想要拿下舊城改造項目的事，就是沈老出面拜託他的。

白部長曾經跟沈老做過一段時間的下屬，沈老對他一直很賞識，他能有今天的地位，沈老最初對他的拔擢有著一定的功勞。而沈老一向不太開口讓下面的同志幫他辦什麼事，難得開這次口，沒想到還讓自己給辦砸了，這可要怎麼跟他交代呢？

想到這些，白部長心頭更加惱火了，不由得在心裏又罵了張琳幾句。

另一個需要白部長作出交代的人，是中天集團的林董，他是拿過林董的田黃擺件的，原以為這件事情手到擒來，一定能辦成，東西也就收了。現在事情辦砸了，他再拿人家的東西，就有點不太好意思了。因此林董這邊，白部長覺得也應該交代一下，最起碼讓林董把禮物拿回去。

這兩個人當中，林董算是比較好交代的一個，白部長便先打電話給林董。

林董很快就接了電話，說：「白部長，找我有事啊？」

白部長聽林董的聲音虛弱無力，便知道林董這幾天肯定很不好過。

這也是可以想像得到的。中天集團費盡心機籌備上市，現在突然冒出財務作假的醜聞，整個上市的計畫怕是要全面擱置了。付出那麼多心血就這麼化爲烏有，這事擱誰身上，誰都會上火的。

白部長便同情地說：「林董啊，這幾天不好過吧？」

林董苦笑了一下，說：「看來白部長已經知道新聞了，是啊，這幾天我被搞得焦頭爛額。本來還想趕快危機處理，沒想到對手接連爆出猛料，打得我們是無力還手。白部長，您這個時間找我，不會是想跟我說舊城改造項目的事吧？」

白部長語帶歉意地說：「林董，被你說中了，我帶給你的不是好消息。抱歉了，張琳剛從我這裏離開，他跟我說舊城改造項目恐怕是不能給中天集團了。我本來還想施壓，讓他把項目繼續給你們做的，可是他卻以報紙曝光爲藉口，拒絕了我。真是對不起了。」

林董笑了笑說：「白部長，這怎麼能怪您呢？您跟我說對不起，真是太言重了，這個問題是出在我們公司自己身上，不能怪您的。張琳會這麼做，我一點都不意外，報紙一登出我們中天集團財務造假的醜聞，我就知道舊城改造項目我們是拿不到了。反正當初我們爭取舊城改造項目也是爲了上市，現在上市都成了問題，爭不爭取得到改造項目，對我們已經無所謂了。」

白部長不禁問道：「林董啊，你們也真是的，財務資料應該是公司的機密，你們怎麼會讓它流了出去呢？」

林董嘆說：「這是我們管理上出現了紕漏，我們現在正在調查是什麼地方出了問題。也是我太過大意了，前段時間城邑集團的束濤來過北京，當時就有人提醒過我，說束濤可能是衝著中天來的，我那時還覺得中天集團不會讓他有機可乘的，誰知道自家後院籬笆沒紮牢，給他鑽了一個大漏洞出來。教訓啊。」

白部長安慰說：「事情既然已經這樣子，林董你也別太上火了，上火也無助於問題的解決。」

林董感激地說：「謝謝您了，我會控制自己的情緒的。」

白部長又說：「再是您放在我這裏的東西，什麼時間拿回去啊？」

林董知道白部長是說那件田黃擺件。雖然白部長這麼說，但是東西卻是不能拿回來的，便爽快地說：「白部長，您這麼說就是不拿我當朋友了，我有在你那兒放過東西嗎？沒有啊。」

白部長說：「可是我並沒有幫上你什麼忙啊，我心裏會不好意思的。」

林董笑笑說：「白部長，我林某人做生意也有些年頭了，道理還是懂得一些的，朋友交往並不在一時一刻，山高水長，就算什麼都沒有了，我們的情誼總還是在的嘛。這件事就不用再提了，好嗎？您放心，我已經把這件事給忘了，不會在別人面前提一個字的。」

林董這番話，白部長聽了很受用，不禁說道：「林董，你還真是仗義啊，這一次我們倆都被人耍了，是一個教訓啊。不過，這件事也沒那麼容易就過去，那些對不起我們的人，就讓他們先得意著吧，早晚有一天他們會受到教訓的。」

海川。

孫守義接到了沈佳的電話。

沈佳說：「守義啊，白部長打電話來，說是你們市委書記跟他說，中天集團拿不到舊城改造項目了。抱歉，我答應你的事情沒有做到。」

孫守義說：「這個結果我早就料到了，中天集團被人擺了一道，把他們內部財務造假的資料給報了出來，這讓張琳就有了藉口，可以不把舊城改造項目給中天集團了。這是中天集團自己財務管理出了問題，也怪不得你的。」

沈佳懊惱地說：「可是我在你的小情人面前已經說了滿話了，現在做不到，我臉上很沒光啊。」

孫守義告饒說：「小佳，你別再說情人這種話來諷刺我了，我跟林珊珊已經沒聯繫了，你就饒過我吧。」

沈佳笑說：「好啦，是我不好，我不該一時嘴癢這麼說的。真看不出來，你們這個張書記有點門道啊，白部長都說他也沒想到會被這傢伙給耍了，原本他還以爲這傢伙一定能幫中天集團拿到舊城改造項目呢，結果卻讓這傢伙鑽了空子。守義，你不是說這個張書記是個性格很文弱的傢伙嗎？怎麼突然在白部長面前骨頭硬了起來？那可是組織部長啊，他一個市委書記有什麼底氣跟人家叫板啊？」

孫守義說：「張書記表現強硬是很正常的，海川有消息說，前兩天他去拜訪了省裏的孟副省長，還給孟副省長送了一筆厚禮。他現在有了孟副省長這個強援，自然是無須怕什麼白部長了。」

沈佳哦了聲說：「我說呢，怎麼一個市委書記敢跟省組織部長這麼叫板，原來是有人給他撐腰啊。」

孫守義又說：「這個孟副省長是東海省的常務副省長，現在大家都在風傳郭奎書記很快就要到中央去工作了，騰出來的位置就會由省長呂紀接任，而孟副省長就會接任省長。所以孟副省長現在在東海省氣勢很盛，張書記大概也是看到了這一點，才會通過孟森跟孟副省長搭上了關係。」

沈佳聽了，不屑地說：「這個孟副省長倒是想得美，一個省長就那麼容易落到他的頭上啊？他大概還真的以爲他接任省長是十拿九穩了，行事風格敢這麼高調?!要知道風傳這種事是最不靠譜的，誰去東海省做省長，連趙老都沒聽說過，他倒真拿自己當省長了呢。」

孫守義笑笑說：「之所以有這個風傳，是因爲孟副省長有幾個中央黨校的同學在政壇上發展的還不錯，他很可能借這幾個同學的力，升遷到更高的位置上去。」

沈佳笑了起來，說：「這就更是胡扯了，什麼同學能幫他升到正省級的位置上啊？他這是在爲自己爭取省長造勢，你明白嗎？四處嚷嚷他就要做省長了，好讓人以爲他真的要做省長。衝著他這種做事的方式，雖然我不能跟你打包票，但是我可以預言，未來的東海省長一定不會是這個姓孟的傢伙，不信你等著看吧。」

孫守義對妻子的政治敏銳度是有著一定程度相信的，便問道：「爲什麼啊，你覺得他哪一點不對勁？」

沈佳分析說：「你知道他最不對勁的地方是什麼嗎，就是他表現得太高調了。通常在一個形勢不明朗的時期，聰明的官員都會表現的十分低調，儘量少讓人注意你，因爲這個位置是不是你的還不一定呢，你現在就上躥下跳，到時候一旦位置不是你的了，那有多丟臉啊？」

孫守義說：「這也不是絕對的吧？」

沈佳笑了笑說：「那種上躥下跳的人也不是沒有，但這種人通常是覺得要爭取某個位置，他的希望不大，於是就想鬧一鬧，搞出點動靜出來，讓人注意到他，好像覺得他是很有機會拿到這個位置的，形成一種輿論氛圍，進而對上級領導形成一種壓力。就好像是在跟上級領導說，你看：大家都認爲我該接任這個位置，你再不給我這個位置，是不是就不對了？」

孫守義不禁笑說：「這就有點以下攻上，逼宮的味道了。」

沈佳說：「對啊，這就是一種逼宮行爲。孟副省長跟孟森這種黑社會混混都能攪到一起去，我看肯定不會是什麼好人。他最好盼著郭奎晚一點離開東海省，這樣子他還能在副省長位子上多做幾天。一旦省長位置的爭奪戰開打了，孟副省長前面的所作所爲一定會被人清算的。到時候別說省長了，就是副省長的位置能保住就不錯了，說不定他也會淪爲階下囚的。」

孫守義不太相信地說：「真的可能這樣嗎？你是不是也說得太誇張了一點？」

沈佳笑笑說：「我一點都不誇張，這個孟副省長肯定一查就完蛋的。張琳這傢伙自以爲聰明，實際上傻得可以，他在這個敏感時刻跑去投靠什麼孟副省長，郭奎和呂紀會怎麼想他啊？還得罪了組織部長。你等著看吧，只要稍稍出現一點問題，郭奎和呂紀一定會把他從市委書記的位置上拿掉的。不說這些了，你在海川最近怎麼樣？」

孫守義回說：「最近都在幫金達抬轎子，海洋科技園的研討會開得很成功，各大媒體也都有相關的報導，郭奎書記還高度稱讚了海川市的做法。張教授也親自在媒體上撰文，全面分析了海洋科技園區的優缺點。已經有一家著名大學打電話來諮詢海洋科技園的情況，想要加入海洋科技園的行列中去。現在金達就是想不出名都不可能啊。」

沈佳笑說：「看來你們東海省還真是看重金達啊，也許郭奎想要在進北京之前，把他這個心愛的弟子扶上馬，最後再送一程啊。」

孫守義說：「我看他是有這個意思，希望吧，金達如果能上升一步，我可能也會跟著進步的。」

沈佳笑笑說：「那你就儘量幫他促成吧。好啦，不跟你說了，中天集團的事我還要去跟林珊珊說一聲，煩死了，這次誇下海口最後卻沒辦成事，我真是丟臉丟到家了。」

沈佳這麼說，孫守義尷尬的乾笑了一下，說：「小佳，我想這件事的來龍去脈，林珊珊可能已經知道了，這又不是我們不想讓中天集團得標，是他們本身出了問題，你沒有必要去跟她解釋什麼啊？」

沈佳想了想說：「我還是見見她比較好，我答應她的事沒辦好，再不給她一個交代，會給她留下口實的。我可不想讓她再去找你。」

原來沈佳是想堵住林珊珊再來找自己的機會，孫守義就不好再說什麼了，便說：「那隨便你了。」

掛掉了跟孫守義的電話，沈佳就把電話打給林珊珊。她就是這樣一個風風火火的個性，有事情要處理，就會馬上去處理掉，否則她會覺得心中始終有個心事，整個人都會不開心的。雖然面對林珊珊並不是一件愉快的事，但是沈佳覺得卻是必須要做的，既然必須要做，那就儘快做完它好了。

林珊珊很快接了電話，問說：「沈姐，找我有事嗎？」

沈佳說：「出來見個面吧。」

林珊珊遲疑了一下，她想問沈佳究竟有什麼事，但最終沒問出來，只是說：「那行，去哪兒？」

沈佳差一點脫口說出巨扒房的名字，上次吃到的甜品實在是太美味了，她很想再去品嘗一次，可是因爲這是林珊珊介紹的，讓她對此就有些彆扭，幾次想去卻都放棄了。

沈佳也不想跟林珊珊在一起待的時間太長，便說了家茶館的名字，林珊珊答應了。

這一次林珊珊似乎從跟孫守義的情傷中解脫了些，神情也比上次見面顯得自如的多，看到沈佳，便點點頭說：「沈姐你來了。」

兩人進了雅間，點了些瓜果之類的，然後要了一壺水果茶。

林珊珊給沈佳斟了一杯，然後說：「沈姐，找我什麼事啊？」

沈佳說：「你爸爸跟沒跟你說，中天集團大概沒機會拿下舊城改造項目了？」

林珊珊黯然地說：「這件事他說過了。」

沈佳說：「很抱歉，我答應你的事情兌現不了了。」

林珊珊立即說：「沈姐，你不用跟我說抱歉，這件事我爸爸跟我說了，是中天集團自身出了問題，怪不得別人的。」

沈佳嘆說：「我當初話也是說的太滿了，沒想到會發生這種突發狀況，不管怎麼樣，我答應你了卻沒做到，總是有些抱歉。」

林珊珊趕忙說：「沈姐，你這麼說，我就更加不好意思了，本來就是我提出了過分的要求，你大人不計小人過，還真心實意幫我們去找了白部長，現在因為中天集團出了問題，事情才搞砸的，我沒有任何怪你的立場。你放心，我原來答應你的還有效，我不會再跟孫副市長有什麼瓜葛的。」

林珊珊彷彿看透自己在擔心什麼，主動做出了承諾，反倒把沈佳搞得有些不好意思了，她苦笑了一下，感嘆說：「其實你這個人很不錯，本來我們是可以做朋友的，但是，你也知道了。」

沈佳這麼說，林珊珊越發尷尬了，便說：「我也知道，我們是不可能做朋友了，好了沈姐，如果你沒別的事情，我要走了。」

沈佳見也沒別的事要跟林珊珊說，就點點頭說：「行，你走吧。」

林珊珊買了單，離開茶館回到家。

林董在家，看到女兒回來，就問道：「珊珊，出去幹嘛了？」

林珊珊說：「有一個朋友約我見面。爸爸，你今天中午沒應酬啊？」

林董說：「我下午有事，約了投行的鄭叔叔見面。」

林珊珊關心地說：「去談股票上市的事啊？爸爸，這次的事情是不是挺麻煩啊？」

林董笑笑說：「再麻煩總是能找到解決的辦法的。珊珊，我覺得最近你成熟了很多啊，還知道爲爸爸擔心了。」

林董有些訝異女兒最近的表現與往常有很大不同。

林珊珊淡淡地笑說：「我歲數也不小了，也該幫你分擔些了。」

林董心疼地說：「我倒寧願什麼都不用你擔心，現在這個社會太齷齪了，竟然還出現你跟孫副市長假裸照的事，爸爸心裏十分歉疚，後悔不該讓你去海川的，不然的話，你也不會捲進這個商場鬥爭的漩渦裏。」

林珊珊安慰父親說：「爸爸，那幾張假照片沒什麼的，現在都什麼社會了，幾張假裸照是傷害不到你女兒的。」

林董說：「爸爸是老腦筋了，總接受不了，再說，對你也是有些壞影響啊，你一個還沒出嫁的小姐搞出這樣的照片，不知道內情的人還不曉得怎麼想你呢。」

林珊珊不以爲意地說：「管他呢，別人怎麼想是別人的事，我問心無愧就好了。」

林董搖搖頭說：「你這孩子還是太單純了啊，對人心的複雜沒有根本的認識。」

林珊珊心說：社會人心的複雜我早就領略到了，昨天還跟你甜甜蜜蜜的男人，今天就可能爲了自己的地位利益，跟你一刀兩斷，再見面就跟路人一般。而那個明知道自己男人在外面偷情的女人，爲了維護家庭和老公的地位，也可以當事情沒發生一樣，甚至可以出面幫老公的情人爭取項目。要說複雜，還有比這些更複雜的嗎？

再是自己也早就不是父親心中所想的乖乖女了，自己跟有婦之夫發生了不倫之戀，不論是身體還是心理，也早就不是以前那樣的天真小女孩了。

可惜這些複雜的心緒，林珊珊沒有辦法跟林董講，她只能轉移話題，跟林董聊起別的來。

第六章

黑名單

錢對他來說不是什麼了不起的事，關鍵是他的聲譽受到了很大的損害，
將來任何一家公司只要是他主導的，都可能會被證監會嚴格審查，
等於他已經上了證監會的黑名單了。這對鄭堅來說，不能說不是一個慘重的打擊。

下午吃過飯後，林董去了鄭堅的辦公室。

林董看到鄭堅的臉色很難看，一臉的憔悴，知道鄭堅最近的日子也不好過。

中天集團的作假醜聞曝光後，鄭堅被證監會的相關部門叫去做了調查，雖然鄭堅事先早有準備，仍然被搞得焦頭爛額，因為證監會手中掌握了確鑿的證據，證實鄭堅確實幫中天集團做了假。

幸好鄭堅在這一行已經建立了豐富的人脈，手頭又有資金可以疏通，於是動用了很多關係，上下打點，才把這一次的事件給應付了過去。

不過雖然鄭堅本人僥倖沒事，中天集團的上市計畫卻只能泡湯了，證監會直接就駁回了中天集團的上市申請。

鄭堅運作中天集團上市已經有段時間，期間付出的人力物力不可估量，中天集團上市失敗，他自然是損失慘重。

錢對他來說倒不是什麼了不起的事情，關鍵是他的聲譽受到了很大的損害，可以預見的是，將來任何一家公司的上市運作只要是他主導的，都可能會被證監會嚴格審查。等於他已經上了證監會的黑名單了。這對鄭堅來說，不能說不是一個慘重的打擊。

鄭堅看林董坐了下來，便問道：「林董，你找出是誰出賣你的了嗎？」

林董說：「現在還不能確定，不過能接觸到那份財務資料的人就只有幾個，大體上我心中已經有數了。」

鄭堅沒好氣的說：「你心中有數有個屁用啊？這個內患不除，我們做什麼都不行的，你趕緊把這傢伙給我找出來。媽的，老子這次真是被他害慘了，把他找出來後，老子要扒了他的皮。」

林董煩悶地說：「就是扒了他的皮也於事無補啊。老鄭，現在我們公司陷入了困局，那塊地王，政府在催我們把剩下的土地出讓金趕緊交上去呢，再不交，可能就會把地塊收回去了。當初這可是你給我出的主意，說搞個地王，就有上市炒作的題材了。現在倒好，地王栽在手裏不說，連上市也完蛋了。」

鄭堅便說：「地的事情找人運作一下嘛，政府也不敢真的就收回去的，那樣會對將來的土地拍賣造成很惡劣的影響。」

林董嘆了口氣，說：「如果不出造假的醜聞，找人運作一下還行，現在出了這個醜聞，那些人都害怕我會賴賬，哪敢繼續讓我拖下去啊。」

鄭堅聽了，無奈地說：「這倒也是。不過你別急，我幫你找找人吧。」

林董感激地說：「那謝謝你了，老鄭。」

鄭堅苦笑了一下，說：「謝什麼謝啊，這次我們算是一起栽了個大跟頭，這個時候也只有同舟共濟，共度難關了。」

林董不禁感慨說：「還是你仗義啊，換了別人，這時候不找我要損失補償，我就燒高香啦。」

鄭堅說：「事情是我一手安排讓你去辦的，出了問題，我也不能把責任都讓你去扛啊，這點道義我還是有的。」

林董嘆了口氣說：「幸虧這次投行的人是你。不過，老鄭，我們也不能就這麼坐以待斃啊。即使這一次地王不收回去，我們中天要把它運作好也很難，上市的事擱淺後，公司的資金就緊張了，財務醜聞也讓我們公司融資的難度加大，我聯絡了好幾家銀行，都對我提的貸款要求極盡搪塞之能事，根本就不買我的賬啊。你一向主意很多，趕緊幫我想想辦法吧。」

鄭堅面有難色地說：「想辦法？一時之間你讓我想什麼辦法啊？媽的，這次真是搞得我精疲力盡啊，你讓我有時間喘口氣好不好啊？」

林董苦笑著說：「你要喘口氣也行，不過可不要喘得時間太長了，不然的話，你還沒喘過氣來，中天集團可能就沒氣了。」

送走了林董，鄭堅一個人悶坐在辦公室，做投行這麼久，他還是第一次嘗到失敗的滋味，鄭堅心說：海川這地方難道是跟自己八字不合不成？這次敗得這麼慘，差點連自己也坑進去了。

罵完海川後，他又開始罵傅華。不僅把自己的女兒給拐走了，更不給他留情面，敢掛他的電話，原本他還想說幾句和解的話呢，現在小莉會更恨他這個做父親的了。

正鬱悶時，劉康來了。他沒等鄭堅招呼他，直接就坐了下來，說：「老鄭，我怎麼聽說你被證監會調查了？沒事吧？」

鄭堅嘴硬的說：「我怎麼會有事呢？你看我這不是好好的嗎。」

劉康不禁笑說：「別在我面前裝啦，你也算是玩了一輩子鷹的人，怎麼還會被鷹啄了眼睛呢？」

鄭堅臉上的笑容沒有了，難堪地說：「是我一時大意了，被海川當地的幾個土包子給耍了。」

劉康開玩笑說：「我怎麼覺得你一提起海川，話裏充滿了恨意啊？說起來，海川還是你的老家呢。」

鄭堅氣呼呼地說：「那是老爺子的家，可不是我的，我是土生土長的北京人，不是海川人。」

劉康又看了看鄭堅說：「栽個跟頭也不至於連老家都不認了吧？哦，我明白了，你跟傅華那小子還沒和好吧？」

鄭堅冷笑一聲說：「什麼和好不和好的，我才不稀罕，他們不登我的門，我還樂得清靜呢。」

劉康聽了說：「老鄭啊，你也一把年紀了，怎麼還像個小孩子一樣啊？」

鄭堅賭氣說：「誰像小孩子了，我就是不稀罕嘛。」

劉康忍不住說：「還說不像小孩子，幾歲的小孩你不給他糖吃的時候，他也是嘴上說不稀罕，心裏卻想要的要命呢。」

鄭堅有些不耐煩了，說：「老劉，你今天是怎麼了，非要跟我彆扭啊？」

劉康笑了笑說：「誰跟你找彆扭啊，我是想幫你。說真的，老鄭，我幫你做個和事佬吧，我出面把傅華兩口子叫出來，到時候你也來，見面三分情，你們各讓一步，不就和好了嗎？」

鄭堅沒好氣地說：「我沒那閒工夫伺候他。」

劉康聽了，臉色便沉了下來，說：

「老鄭，你擺什麼架子啊，我做這個和事佬，是想給你一個臺階下，你不但不領我的情，反而跩起來了，我這是求你嗎？我這是幫你，知道嗎？」

鄭堅也有些惱火了，說：「我不用你幫，我覺得我沒錯，你說，我錯在哪兒啊？」

劉康不禁搖了搖頭說：「老鄭，我怎麼覺得你沒老就糊塗了呢，這件事說到哪裡都是你不對，你去問問別人，誰家老丈人會幫著外人對付自己的女婿啊？是，可能傅華離你擇婿的標準差得很遠，你心裏想的只有湯言那種有錢有勢的才配得上你女兒，但是這不是你能做主的，能做主的只有你女兒，你女兒喜歡傅華，你就應該接受，而不是跟著別人想辦法捉弄他。」

鄭堅有些理虧地說：「我也沒不接受，我那天帶他去見湯言，是想讓他開開眼界，誰知這小子根本好賴不知，反而說我作弄他。」

劉康說：「我看好賴不知的是你吧，你有什麼資格去干涉他們夫妻的生活啊，人家小兩口過得好好的，你管什麼閒事啊？」

鄭堅叫道：「我那叫管閒事嗎？傅華不過是個駐京辦的小官，爲了工作，四處低聲下氣地求人，還三天兩頭的找我幫他介紹客商，到頭來賺的還不夠塞牙縫呢，我女兒跟了這樣一個男人，將來能夠幸福嗎？那個臭小子也不是沒有那個頭腦，偏偏就願意待在那個破地方，做他那個小小的七品官，你說這不是傻是什麼？」

劉康反問說：「那你想他怎麼樣啊？」

鄭堅說：「他可以跟著我幹啊，就算賺不到湯言那麼多錢，起碼也能下半輩子衣食無虞，遠遠勝過他這個駐京辦主任百倍。」

劉康聽了，笑說：「老鄭，虧你還是留過洋的人，腦筋怎麼這麼封建啊，有錢就能快樂嗎？有錢就能幸福嗎？傅華雖然賺得不多，但是我覺得他並不比那個湯言差到哪兒去，即使他前丈人也曾勸他去通匯集團工作，但是傅華拒絕了，因爲錢對他來說並不是最重要的。你不會俗氣到把錢當做是衡量成功的唯一標準吧？」

鄭堅說：「我倒是沒把錢作爲成功的唯一標準，但是傅華這傢伙別的地方成功了嗎？也沒有吧？」

劉康不以爲然地說：「你知道我覺得傅華最成功的一點是什麼嗎？就是超脫了錢，不像我們都被錢綁住了。」

鄭堅冷笑了聲說：「他什麼超脫了錢，他的房子車子都是前妻留給他的，如果他什麼都需要自己去賺，你看他是否能超脫得了？」

劉康忍不住搖搖頭說：「老鄭啊，我看你對他的成見是太深了，好啦，隨便你怎麼去想了，你們的事我不去攪和了還不行嗎？本來我還想晚上找你一起吃飯的，現在沒心情啦，走啦。」

劉康說著就離開了，鄭堅也沒有留他。

劉康走後，鄭堅打電話給湯言，他答應林董設法先把土地出讓金緩一下，這需要湯言幫忙，湯言的父親位高權重，出面幫林董說句話，就沒人會來催林董繳納土地出讓金了。

湯言接了電話，說：「鄭叔啊，找我幹嘛？」

鄭堅說：「湯少，有件事需要你幫我一下，中天集團的林董說政府逼他們交土地出讓金，能不能讓你父親幫他說句話，往後延一下？你也知道，中天集團上市出了問題，現在牆倒眾人推，什麼人都來逼他們，一時之間，他從哪兒搞那麼多錢出來啊?!」

湯言笑說：「鄭叔你開口了，這個忙我怎麼也得幫啊，幸好也不是很麻煩，也不需要動用我父親了，我跟他的秘書打個招呼，讓他幫中天說句話就行啦。」

高層領導身邊的貼身秘書，在外人看來往往可以代表領導本人的，鄭堅相信有湯言父親的秘書出面，林董眼前的麻煩算是暫時度過了，便說：「那我先謝謝你啦，就這樣子啦。」就打算掛電話了。

湯言忙說：「先別急啊，鄭叔，晚上有什麼安排嗎？」

鄭堅苦笑了一下說：「沒什麼安排，最近心情不是太好，準備回家陪老婆孩子去。」

湯言聽了，不禁笑說：「別這樣子啊，我知道你心情不好是因爲中天集團的事，這件事不是解決了嗎？再說，就是心情不好才要出來解悶啊，我們去鼎福俱樂部吧，喝喝酒，散散心。」

鄭堅笑了，想了想說：「也好，回家也是鬱悶，還不如跟你一起喝喝酒聊聊天呢，那鼎福見啦。」

晚上七點，鄭堅就去了鼎福俱樂部。

湯言人已經到了，鄭堅看到他，不禁問說：「真稀罕啊，你湯少不是很忙的嗎，一向都是我們等你，怎麼今天反常了，居然你等起我來了？」

湯言笑了一下說：「說來好笑，我的辦公室被人給占了，我也是出來躲清閒的。」

鄭堅奇怪地問：「咦，誰這麼大膽子啊，竟然敢占你湯少的辦公室？這真是讓我好奇呢！」

鄭堅知道湯言將辦公室視爲私人禁地，平常很少請人到他辦公室的，現在聽到竟有人占了他的辦公室，還真是新鮮事啊。

湯言攤了下手說：「還會是誰，我妹妹湯曼啦。這丫頭這幾天閒著沒事就去我辦公室跟我對坐，弄得我心裏很煩。」

鄭堅好笑地說：「那是你妹妹，你煩什麼啊？」

湯言煩惱地說：「你不知道，鄭叔，就是因爲是自己的妹妹，我才打不得罵不得的，真是拿她沒辦法啊。」

鄭堅愣了一下，說：「她雖然有些任性，可也不至於任性到這種地步，小曼是有什麼事吧？」

湯言苦著臉說；「鄭叔你也不是外人，跟你說也無所謂了，這件事還真是多少跟你有點關係，不過不是直接的關係罷了。」

鄭堅越發好奇起來，說：「什麼叫有點關係，卻不是直接的關係啊？」

湯言說：「是與你的好女婿有關。」

鄭堅一聽，臉又暗了下來，說：「你是說小曼是爲了傅華才跟你鬧彆扭的？真是邪門了，怎麼什麼事裏都有他啊！」

湯言笑說：「是啊，我也覺得邪門，小曼竟然爲了他跟我這麼鬧。」

鄭堅忍不住問道：「究竟是怎麼一回事啊？」

湯言欲言又止地說：「說起來還真不是一件光彩的事，那晚小曼去酒吧喝酒……」

湯言把事情經過告訴鄭堅，說完後，問鄭堅說：

「鄭叔，你評評理，我究竟有沒有做錯啊？我打他幾拳怎麼了，要不是因爲他是小莉的丈夫，我非找人狠狠教訓他一頓不可。」

鄭堅點了點頭，作爲一個男人，他自覺在那個場合也很難不動心的，便說道：「這倒也是。」

湯言說：「但是你這個寶貝女婿女人緣真是好的出奇，女人們碰到他，就好像碰到了什麼似的，都對他相信的不得了，小莉相信他還有話說，可是現在連小曼都被他迷得一塌糊塗，一個勁兒的說傅華絕不會做那種事。哼，我們都是男人，心裏很清楚，碰到這麼好的機會，哪個男人會放過啊。」

鄭堅附和說：「這臭小子女人緣的確是不錯，就連他的前妻離開他，還把房子都留給了他。」

湯言不屑地說：「這也算是他的本事了，哄好了女人，一樣日子可以過得很滋潤。」

鄭堅也大吐苦水道：「對啊，今天一個老朋友來看我，還跟我說什麼傅華超脫了金錢，比我們這些人都高明，媽的，他什麼超脫了錢啊，他的錢都是從女人那裡哄來的，他自然不需要再去賺啦，女人都幫他賺了嘛。好啦，不說這小子了，本來就煩，說起他就更煩了。」

湯言聽了，笑說：「這倒也是。誒，鄭叔，中天集團現在上市宣告失敗，這次你是不是損失很大啊？」

鄭堅苦著臉，說：「金錢方面的損失倒無所謂，麻煩的是在證監會那兒掛了號，再做什麼動作，人家都會密切注意的，恐怕要好幾年才能把身上的污點給洗掉。唉，今年我是犯太歲啊，竟然在小小的陰溝裡翻了船，心裏別提有多窩火了。最讓我鬱悶的是，明明知道是誰搞的鬼，偏偏這幫傢伙離我太遠，我就是想教訓一下他們也鞭長莫及。」

湯言說：「知道是栽在誰手裏就好，山不轉水轉，總會有機會收拾他們的。」

鄭堅說：「收不收拾他們還在其次，現在的關鍵是中天集團費了半天勁，最後卻功虧一簣，他們公司受此牽累，狀況岌岌可危，如果不加以援手的話，公司很可能就完蛋了，所以我才會求你幫忙的。」

湯言勸說：「鄭叔，現在中天集團雖然不能上市了，但是中天集團的資產還在，想想別的辦法，還是可以上市的。」

「你是說……」鄭堅問。

湯言笑了笑說：「想辦法讓中天借殼上市啊。」

鄭堅正想問湯言怎麼借殼上市時，包廂門打開了，一個年輕漂亮的女人走了進來，對湯言打招呼說：「我聽下面的人說湯少來了，就過來打個招呼，咦，鄭董也在啊？」

這個女人，湯言和鄭堅都認識，她是這家俱樂部的老板，是一個背景很神秘的女人，沒有人能說出她的來歷，單身，年紀輕輕，卻在寸土寸金的北京開了這麼一家豪華的私人會所，這絕非是一個簡單的人物。

鄭堅看到她，就把嘴邊的話咽了下去，開玩笑說：「是老板娘啊，你不能這樣子啊，我怎麼覺得你提到湯少跟提到我的語氣不一樣啊，提到湯少的語氣是那麼的親密，提到我就冷淡了很多啊。」

老闆娘笑了起來，她是開門做生意的人，送往迎來，應付這種場面綽綽有餘，便說：「鄭董真是幽默，沒這麼明顯吧？我是先看到湯少，後看到您的，打招呼自然就有先後了，您不會跟我一個小女子一般見識吧？」

鄭堅笑說：「老闆娘真是會說話啊，你這麼說，我還真是不好再說什麼了。」

說話間，老闆娘已經坐到了湯言身邊，然後看著鄭堅說：「鄭董，你們怎麼也沒叫小姐進來陪著啊，不會是嫌我們這裏的小姐不漂亮吧？」

鄭堅說：「老闆娘這麼漂亮，其他的小姐自然就黯然失色啦，你來了，我們就不用叫別的小姐了。」

見鄭堅這麼說，湯言神色顯得有些緊張，說：「鄭叔，別這麼說，這種玩笑不能隨便開的。」

鄭堅看到湯言這麼緊張，心中不禁有些疑惑，似乎湯言對這個老闆娘很敬畏，這種神情在一向囂張狂妄的湯言身上可是難得一見的，看來這個老闆娘真是有些來歷，便收起了玩笑的嘴臉，笑了笑說：

「老闆娘，剛才是開玩笑的，其實我們是在談正事，還沒來得及叫小姐們進來呢。」

老闆娘應酬地說：「鄭董，你不要聽湯少瞎說，我沒那麼尊貴，我們做這種服務業的，如果連開個玩笑都受不了，那就不用開門做生意了。誒，兩位是做資本運作的大老闆，是不是在談什麼賺錢的大計啊，我沒打攪你們吧？」

湯言笑笑說：「你來我們求之不得呢，又怎麼會打攪呢？」

湯言雖然嘴上這麼說，卻並沒有什麼親密的表示，反而刻意避免跟老闆娘有身體上的接觸。

老闆娘笑說：「湯少就是會說話，你不用這樣子吧，一邊說著求之不得，一邊身子卻拼命往外挪，我吃不了你的。來，別閒著啊，我敬你們一杯。」

老闆娘說著，拿起湯少開的馬爹利，給湯言和鄭堅各斟了一杯，自己也倒了一杯，然後端起酒杯看著湯言和鄭堅，說：「請。」

湯言和鄭堅分別跟老闆娘碰了一下杯，各自抿了一口，然後放下杯子。

老闆娘對湯言說：「湯少，我手頭最近有一筆資金閒著，你跟鄭董如果有什麼計畫，別忘了帶我玩上一把啊。」

湯言似乎並不想接下這個任務，笑笑說：「你真是會開玩笑，鼎福俱樂部這裏日進斗金，怎麼還需要我們帶你玩啊？」

老闆娘搖了搖頭，說：「一看就知道湯少不懂得私人會所內部的營運狀況，會所看上去風光無限，實際上能保本就很不錯了，想日進斗金，別開玩笑了。」

湯言不相信地說：「不可能吧，鼎福可是收了我們不少的年費啊，每次來消費還要付錢，你說保本經營才真是開玩笑了。」

老闆娘笑說：「湯少，私人會所經營的宗旨，是為精英分子提供一個良好的交流聯誼的場所，爲了保證素質，會員都是寧缺毋濫的，會費雖然不低，但是會員並不多，收入就沒多少了。同時還要維持這裏的水準，需要很大一筆的維持費用，看上去金碧輝煌，可是都要錢和人來維持，成本是很高的。說實話，我開這個是賠本賺吆喝。」

老闆娘說話條理清楚，把會所經營分析的很透徹，一看就是頭腦精明的人物，讓以前跟她並沒有太多接觸的鄭堅不禁對她刮目相看，看來這個女人能在這裡開這麼一家會所，並不是完全靠姿色或者背景，是有著實在的能力。

老闆娘說到這兒，看了看湯言和鄭堅，笑笑說：「好了，我打攪也夠久了，就不妨礙你們了。」說著就站起來往外走。

走到門口的時候，還不忘回頭跟湯言拋了個媚眼，說：「湯少，有什麼發財的機會可不要忘了我啊！」

老闆娘離開後，鄭堅看了湯言一眼，好奇地說：「我看你對這女人有點怕啊，她什麼來歷啊？」

湯言詫異地說：「鄭叔，你不知道她嗎？」

鄭堅笑笑說：「我怎麼會知道，鼎福俱樂部是你的據點，我來這裏玩都是因爲你，我只見過她幾次而已。我看她似乎對你有點意思啊，是不是想跟你啊？」

湯言搖搖頭說：「什麼啊，我是這裏的大客戶，老闆娘對我客氣一點也很正常。至於跟我舉止親密，商場上這種表演，我早就見怪不怪了，不會當真的。」

鄭堅開玩笑說：「這個女人無論樣貌、身材、氣質、頭腦，哪一樣都是人中翹楚，何妨跟她假戲真做一番啊？這種女人能收在身邊，也是一種享受。」

湯言說：「收在身邊？我可沒那個膽量！鄭叔，你真的不知道她的來歷啊？」

鄭堅納悶說：「看你這個樣子，這個女人的來歷還真是不簡單啊，行了，別賣關子了，她究竟是從哪個地方冒出來的，沒聽說她是什麼高層的子弟啊？」

湯言失笑說：「她哪是什麼高層子弟啊，根本扯不上邊。她對外宣稱是從澳洲歸國投資的華僑，說她父母在澳洲開了一家公司，資產規模很大，讓她以那個公司作爲母公司回國來發展。」

鄭堅笑笑說：「原來是這樣子啊，這些年，由於國內政策給外資許多優惠待遇，很多人都會出國開個空殼公司，再回國來享受外資企業的待遇，這個老闆娘大概也是這樣子的吧？」

湯言聞言搖頭說：「她出國實際上是爲了避禍，倒不是爲了搞個外資的殼回來享受優惠待遇的。」

鄭堅不禁問道：「避禍？她年紀輕輕避什麼禍啊？」

湯言臉上露出曖昧的笑容說：「鄭叔，你說她年紀輕輕，這麼一大筆資產是從哪裡來的啊？」

鄭堅猜說：「很可能是父母給她的吧。」

湯言好笑地說：「父母給她的？你知道她父母是幹什麼的嗎？她父母是西南一個偏僻小山溝裏種地的，可能他們這輩子都沒走出過那個小山溝，從哪裡能給她弄出來這麼一大筆資產啊？她現在不但有這家俱樂部，手頭還有閒置資金想要找機會投資，這些錢不會是從天上掉下來的吧？」

鄭堅看了湯言一眼，說：「哦，那她的錢是從哪裡來的？」

湯言神秘地說：「前兩年，在江北有個省長被判了死刑，那個案子，鄭叔應該有所耳聞吧？」

鄭堅點了點頭，湯言說的是兩年前發生在江北的一個大案。江北省的省長林鈞利用職務上的便利，為一個港商爭取到了一個重大工程項目，港商為答謝他，向他行賄了八千萬人民幣。後來因為港商有別的案件發生，為了減刑，才主動揭發出來的。林鈞因此鋃鐺入獄，還被判了死刑，不久伏法。

這是很轟動的大案，林鈞是第一個因為受賄被判死刑的省級幹部，而且數額之巨大，影響之惡劣，幾到令人瞠目結舌的程度。

這件案子，鄭堅當然知道，當時國內各大媒體都報導了這個案子的詳細情況，只是鄭堅記得這裏面似乎沒有出現什麼跟林鈞有瓜葛的女人。

鄭堅便說：「你說這個女人跟林鈞有關聯？沒聽說過啊？」

湯言笑了，說：「這個女人厲害就厲害在這裏了，傳說，只是傳說啊，林鈞當時受賄的不止是被港商供出來的那八千萬，還有從別的地方受賄的錢，數目不低於八千萬。而這些沒被交代出來的錢，據說都被這個老闆娘帶到澳洲去了。」

鄭堅咋舌說：「真的假的，林鈞這麼疼這個女人啊？那麼多錢都給了她？」

湯言說：「也不是疼她，據說林鈞是想把受賄的資產轉移到澳洲去，等退休後就去澳洲安度晚年，這個老闆娘正是跟林鈞打得火熱的情人，林鈞就想到時候好跟她一起享受富豪生活，哪知道剛替那個女人辦了移民手續，那個港商就檢舉了林鈞。林鈞那時還抱著一線希望，以爲中央會保他，應該不會判死刑，就只交代了港商所說的八千萬，轉移出去的資產就瞞了下來。沒想到竟被判了死刑，而被這個女人帶走的資產，就沒有人知道下落了。林鈞死了兩年之後，這個女人看風聲漸息，沒人追究了，就瀟瀟灑灑的回來了。回來後，才在北京開了這家俱樂部。」

鄭堅不禁嘆說：「林鈞還真是傻的可以了，八千萬，在當時的氛圍中是必死無疑的。只是這女人運氣也太好了吧？」

湯言笑了笑說：「是啊，命好到你不承認都不行啊。」

鄭堅又問：「這女人敢在這裏開俱樂部，北京是不是也有人脈啊？」

鄭堅很清楚，想在北京打開局面並不是有幾個錢就行的，要想在這寸土寸金的地方立足，沒有相當強的勢力護著，一個女人可能早就被人吃得連渣都不剩了。

湯言說：「據說她在跟林鈞的時候，認識了一個林鈞一手提攜起來的副省長，那個副省長並沒有受到林鈞牽連，反而調到了北京工作，這個老闆娘就是投奔了他。他念在跟林鈞的舊情，就幫她建起了這家俱樂部。只是她跟這個副省長是不是也有那種關係，我就不清楚了。」

聽湯言如數家珍的，鄭堅不禁看了湯言一樣，說：「湯少，你怎麼對她知道的這麼詳細啊，不會真的對她感興趣吧？」

湯言笑了，說：「她不是我的菜，我怎麼會喜歡一個做過別人情婦的女人呢？我還沒那麼賤。這些事是我爸爸的秘書告訴我的，他見我加入了鼎福的會員，怕我上當，就做了些幕後調查。」

鄭堅笑說：「是老爺子不放心你在外面交的朋友吧？對我有沒有做過什麼調查啊？」

湯言聽了，笑說：「鄭叔真是說笑了，誰不知道你的根底，調查什麼啊？別說這些了，剛才被老闆娘闖進來打斷了，我們還是來說說中天集團的事吧。」

鄭堅說：「你說要中天集團買殼上市？這殼要怎麼買啊？一時之間又上哪兒去找合適

的殼啊？」

湯言笑笑說：「說起殼來，我手裏還真是有一個，現成的。要不，我們合作一把？」

鄭堅狐疑地看了看湯言，沉吟了一下，說：「你不會是說海川重機吧？」

湯言點了點頭，說：「我說的就是海川重機。」

鄭堅搖搖頭說：「這不合適，海川才剛剛傳遍了中天財務作假的事，你現在再讓中天集團出來重組海川重機，海川市政府肯定是不會接受的，他們不接受，這個重組就很難進行，畢竟這個企業是設在海川，對海川市政府有很大的影響。再說，我現在對海川這個地方已經煩透了，不想再招惹它了。」

湯言慫恿說：「鄭叔，你別這樣啊，你是對傅華有意見，可不要把這個遷怒到工作上來啊。再說，一時之間，你要想什麼辦法把中天集團從困局裏解脫出來呢？」

鄭堅猶豫地說：「但是中天集團現在名聲很臭，就算海川能夠接受，證監會這邊也不一定會通過啊。」

湯言露出了耐人尋味的笑容說：「這個是可以想辦法的，現在這還只是一個初步設想，如果你沒意見的話，我們可以再做細節方面的研究。」

鄭堅想了想說：「這個嘛，我需要跟中天方面商量一下才行，回頭再答覆你吧。」

湯言點點頭說：「行。其實我對海川重機已經徹底研究過了，這家公司設備老舊，產品嚴重落後時代的要求，已經病入膏肓、無可救藥了，除了轉換主業，沒有別的辦法可以挽救啦。」

鄭堅聽了，便說：「你的意思是植入中天的房地產項目？」

湯言分析說：「對啊，把中天集團的房地產項目植入其中，一方面可以盤活中天手中的資產，另一方面，也給了海川重機刻意炒作的題材。再是海川重機建廠很早，廠區就位於海川市區，算是城市的中心地帶，那個破爛的廠區可能是沒什麼價值了，但是廠區下面的土地可是價值不菲啊。中天集團如果過去開發一下的話，不一定就比他們失去的那個舊城改造項目差啊。反倒是舊廠區沒有那麼多的拆遷困難，甚至可能比那個舊城改造項目還優質呢。」

早期都市建設一般並沒有什麼發展規劃，往往都是把工廠跟住宅區混雜在一起，工廠有污染有噪音，便會對居民的生活造成很不好的影響，現在的城市發展就有把工廠搬離市區的趨勢。

湯言這個想法正貼合了政府的設想，也能一定程度上把海川重機從破產的境地拉出來，說不定海川市政府會接受的。

鄭堅便說：「你這個想法不錯，那個地方也適合開發房地產，只是這樣，恐怕就需要跟海川市政府打很多的交道，到時候恐怕就難以避免要跟傅華那傢伙有接觸了，我現在很煩他，不想跟他有什麼往來。」

湯言聞言，笑了起來：「鄭叔，我覺得你這個想法不對啊。海川市政府那邊，我可以通過我父親的關係搞定，不需要傅華從中牽線。這件事情啓動之後，如果涉及到了傅華，也是他爲我們服務，到那個時候，我們可以支使他爲我們做事，他也必須老老實實聽命於我們的，這個情形，我想想都很高興，你還煩什麼啊？」

鄭堅沉吟了一下，湯言說的不無道理，只是問題似乎也不是這麼簡單，其中他最怕的就是鄭莉會對此有什麼想法，便說：

「整整傅華我倒是沒意見，只是我擔心小莉會不高興。」

湯言說服他說：「鄭叔，我倒覺得事情沒你想的那麼複雜。我要的只是一種情形，就是傅華不得不接受我領導的那種感覺而已，我不會去故意爲難他的。小莉向來看問題都很理智，如果僅僅是工作，想來她也不會有什麼不滿的。再說，一時之間，你恐怕也找不到比這個方案更好的辦法了吧？」

鄭堅想了想說：「你說的也有道理，挫挫傅華那小子的傲氣也好。行，這個方案我會儘量說服中天集團接受的。」

湯言高興地說：「那下一步就是怎麼把中天集團改頭換面，讓海川方面和證監部門都能接受這個重組方案了。誒，鄭叔啊，中天集團有多少可以抽調出來的資金啊？」

鄭堅回說：「中天內部的資金鏈已經繃得很緊了，現在勉強能維持公司的運作，所以想抽調資金出來是不太可能啦，重組的資金恐怕你要自己想辦法了。」

湯言爲難地說：「我現在手裏的資金也很緊張啊，從利得集團手裏買下海川重機的股份，已經耗盡了我大部分的可流動資金。要不，鄭叔你拿出些資金來參與一下。」

鄭堅苦笑了一下，說：「中天集團這次上市失敗，我公司損失很大，這個虧空還沒補上，我不好再往外調動資金。公司畢竟不是我一個人的，我還需要跟其他股東交代呢。要不，想辦法找銀行貸款融資吧。」

湯言搖搖頭說：「這次重組恐怕時間不會短，其中的變數很多，融資的風險太大，說不定最後賺的錢還不夠付利息的呢。不是必要，不要選這條路。眼下還沒到這種程度，我們再想想別的招數吧。」

鄭堅忽然想起了什麼，看了湯言一眼，笑了笑說：「眼前倒是有一個很好的辦法，只是怕湯少你不肯接受啊？」

湯言是精明透頂的人，看鄭堅的神情，立即就明白他在想什麼了，笑說：「你想說這個老闆娘啊？這個不行，這個女人身上有股邪勁，又很精明，我擔心我們掌控不了她。對掌控不了的人，我一向是不想跟他合作的，說不定事情將來就壞在她的手裏。」

鄭堅調侃說：「還有你湯少掌控不了的人嗎？跟她多拋幾個媚眼，再不行，索性收了她，不就被你控制得牢牢的了嗎？」

湯言笑說：「鄭叔啊，別開這種玩笑了，那我成了什麼了，牛郎嗎？再說，你別看她好像挺黏我的，但她靠近我，實際上更多的是利益上的考量，並不是真的喜歡我。現在她可以爲了利益靠近我，改天她也可以爲了利益出賣我。這個女人對我來說是很危險的。」

鄭堅聳聳肩說：「既然你對她是這種感覺，那還是算了吧。原本還以爲把她拉進來是一個很省事的辦法呢。」

湯言笑笑說：「有些時候，欲速則不達。」

鄭堅說：「這倒也是，話說我們本來是來開心的，怎麼聊著聊著又開始說起工作來了，真是沒趣。來，趕緊叫小姐們進來，今晚我們一定要盡興而歸。」

俱樂部的媽咪就帶著小姐們魚貫而入，鄭堅和湯言各叫了一個，陪在身邊開始喝酒猜拳，玩樂起來了。

第七章

蛇蠍美人

湯曼笑說：「你這是在說，她是一個蛇蠍美人了？」

傅華點點頭說：「是啊，我有這種感覺。動物界有一個說法，越是豔麗的動物，毒性越大。換到女人身上，就是越漂亮的女人越危險。」

傅華回到北京後，先把駐京辦積壓下來的業務處理了一下，這才去找到談紅，他想問一下海川重機現在的狀況。

傅華注意到，最近海川重機在股市上表現的不錯，已經扭轉了頹勢，不再慘跌不止，股價開始平穩的上升，偶爾還會出現一波短暫的行情。總的來說，算是已經回穩了。

雖然海川重機的股價回穩了，但是傅華並沒有因此高興起來。這種情形可能只有一種解釋，那就是湯言已經控制了海川重機的大勢，這只有利於湯言炒作海川重機的股票，對挽救海川重機並無任何益處。

談紅神色顯得有些沮喪，看到傅華，勉強笑了笑說：「你回來了。」

傅華點點頭，說：「看你這樣子，似乎很受打擊啊。」

談紅苦笑了一下，頹喪地說：「是啊，傅華，你說我最近是不是有點流年不利啊，怎麼做什麼都不順啊。從潘總出事開始，我就覺得人生好像是走下坡一樣，我對自己越來越沒有信心了。」

傅華安慰她說：「不是你沒用，你還是原來那個精明能幹的談紅啊。主要是整體上的大形勢改變了，原來你們公司有潘董在，外面又有我師兄在證監會關照著，人脈資源豐富，自然是做什麼都順風順水。現在人脈資源不再，有關部門又對你們加強監管，你需要面對原本對你不是問題的問題，自然會覺得綁手綁腳了。至於這一次你們被利得集團背叛，你就更不需要埋怨自己無能了，因爲你面對的對手實在是太強了，他本來就是一個獵莊高手，還身藏暗處，你的贏面本來就不高啊。」

談紅笑了說：「傅華，爲什麼每次跟你談話，我的感覺就會好很多啊？你真是會說一些讓我寬心的話。可惜的是，我身邊像你這樣的朋友幾乎一個都沒有。哎，以後不要對我這麼好了，這會讓我一個人的時候，越發感到難過的。」

傅華心裏很清楚談紅對他的情愫，談紅這麼說，實際上是在表達她心中的遺憾，便笑笑說：「談紅，站在一個朋友的立場上，我覺得你也該交個男朋友了，有個貼心的人跟你在一起，也許日子會愉快很多。」

談紅不禁瞄了傅華一眼，說：「你不用貓哭耗子假慈悲了，你又不是不知道我心中在想什麼。」

傅華勸說：「談紅，你不要這樣子嘛，這世界上比我優秀的男人到處都是，只要你把心打開，一定能找到一個配得上你的男人的。」

談紅搖頭說：「傅華，你始終不明白女人究竟是想要什麼樣的男人，她不是想要一個配得上她的男人，而是要一個彼此真心喜歡的男人。就像趙婷、鄭莉一樣，她們的家世背景都遠遠不是你能配得上的，但是她們真心喜歡上你，所以才會跟你在一起的。這你明白了吧，女人不是想自己的男人多麼出色，而是這個男人能讓她心情愉快。有時候我也覺得挺無奈的，偏偏我就是遇不到我想要的那個人，老天爺真是會開玩笑。」

傅華尷尬的說：「可能是緣分未到吧。」

談紅說：「好了，我們還是來說海川重機的事情吧。傅華，你一直提醒我，要我注意，我心裏始終有個疑問，你是不是早就知道跟我們作對的人是誰啊？」

談紅盯著傅華，想從傅華的神色中看出端倪。

湯言現在已經走到了幕前，傅華就沒必要再去隱瞞什麼了，便說：「我猜到是湯言，不過我不能確定是他，所以我沒辦法直接告訴你，怕把你誘入歧途。」

談紅聽了說：「這麼說，你早就認識湯言了？」

傅華點點頭，說：「是的，說起來還是我讓湯言注意到海川重機的重組的，當時你讓我們海川市政府一起尋找買家，我就找了我岳父，我岳父引薦湯言給我認識。不過我跟湯言當時因爲一些事鬧得很不愉快，這件事就破局了，所以我也就沒跟你提起。當時湯言威脅我，說沒有我，他一樣能搞定海川重機，可是我並沒有當回事。對不起啊，談紅，說來是我引狼入室的，也許我早告訴你是湯言在背後搞鬼，事情的結果就不一樣了。」

談紅搖了搖頭說：「事情結果不會不一樣的，這個湯言的背景很可怕，並不是我們頂峰證券可以對抗得了的。你知道他是怎麼從利得集團那邊把股票給買走的嗎？」

傅華納悶地說：「這個問題我也正想問你呢，本來重組這件事是利得集團找你們頂峰證券的，他們這麼不聲不響的就把股份給賣了，這不是坑人嗎？這利德集團的老闆也太不仗義了。」

談紅說道：「他們也有苦衷，這件事被揭露出來後，利得集團的董事長專程跑來跟我們老總作了解釋，講他們爲什麼要這麼做。實際上，在股價這麼低的時候出售股份，利得集團也損失了很大一筆錢，因此這麼操作也不是利得集團情願的。」

傅華一聽，馬上就想到了湯言身後強硬的背景。

果然，談紅說出了內幕：「利得集團的董事長跟我們老總說，是一個他們無法拒絕的人跟他們提出了這個交易的，這個人在利得集團發展過程中曾經起過很大的作用。他們也是在壓力下才不得不認賠出局的。傅華，利得集團已經是很有實力的公司了，湯言都能壓著他們低頭，可見他有多強的力量了。」

傅華冷笑了一聲，說：「也沒什麼了不起的，不就是因爲他父親是高官嗎？」

談紅看了傅華一眼，說：「你對他還真是很瞭解啊，你跟我說實話，你們之間恐怕不只是認識那麼簡單吧？」

傅華坦承說：「是沒有那麼簡單，當初我岳父曾想撮合湯言和鄭莉。」

談紅恍然大悟說：「原來是情敵啊，難怪你提起湯言就有幾分恨意的樣子，我看這個湯言肯定是很喜歡鄭莉了，這傢伙死追過鄭莉吧？」

傅華愣了一下，說實話，他對鄭莉和湯言究竟發展到什麼程度，心中一點數都沒有，不是湯言自己冒出來，他甚至連這個人的存在都不知道。

鄭莉跟湯言是不是真像鄭莉跟他講的那樣，只見過幾次面就沒往來了還很難說。不過有一點是肯定的，兩人之間一定是有點火花的，不然湯言也不會對她那麼念念不忘。

傅華心裏就有些彆扭了，表情不太自然地說：「這個我就不很清楚了。」

談紅很敏感，馬上就感覺到傅華心境上的變化，她笑笑說：「誒，我怎麼覺得你的神情有點變了，是不是我說錯什麼話了？我跟你講，就算是湯言死追過鄭莉，問題也是出在湯言身上而非鄭莉，你可別犯糊塗啊。」

傅華避開了這個話題，說：「沒有，我怎麼會去怪鄭莉呢。誒，你們頂峰證券現在打算怎麼辦啊？」

談紅無奈地說：「還能怎麼辦，只能接受現實了，你應該也注意到了吧，海川重機的股價在慢慢上漲，股價已經在底部，我們評估湯言肯定會對海川重機進行炒作，股價會有一個暴漲階段，所以也在吸收籌碼。」

傅華開玩笑說：「這不是你們的位置完全顛倒了過來嗎，你們倒成了獵莊者啦。」

談紅攤了攤手說：「這也是沒辦法的辦法啊，我們手中的籌碼已經不足以威脅到湯言，無法阻止他，也只能隨之起舞，賺點錢彌補一下前期的損失了。傅華，現在海川重機的股價還沒起來，這是一個賺錢的大好機會，你手頭有錢的話，不妨也跟著炒作一把。」

傅華搖搖頭說：「我可沒這個興趣。」

談紅笑了起來，說：「我忘啦，你向來是不屑做這些事的。好了，玩不玩隨便你。只是你們海川市政府應該小心些，湯言一定會對海川重機有動作的，有動作才會有炒作題材，不然股價就沒有暴漲的空間了。」

傅華不以爲然地說：「湯言想動海川重機怕是沒那麼容易吧？海川市政府一定不會配合他這種炒作行爲的。」

談紅不禁說道：「傅華啊，我看你還是沒搞清楚整個形勢，如果湯言沒把握操縱海川市政府的話，他是不會進入海川重機這個泥淖的。他既然下了大本錢從利得集團手裏買去海川重機的股份，心中一定是有一個通盤的炒作計畫的。這件事情，你跟你們市政府的領導彙報過沒有啊？」

傅華搖搖頭，說：「還沒有，我想等從你這裏瞭解了詳細的情況再做彙報。」

談紅想了想說：「既然這樣，你就不要彙報了，就當我沒跟你說過這些，你根本什麼都不知道。」

傅華納悶說：「爲什麼啊？」

談紅擔心地說：「我不想你攪進這件事情裏面去，湯言這傢伙絕非善類，又跟你有那麼層關係，你攪進來，湯言說不定會對你不利的。」

傅華爲難地說：「可是我現在已經知道了啊？不彙報的話，我心裏會很彆扭的。」

談紅勸說：「你彆扭什麼啊，你也不想想，就算你彙報了，能改變整個局勢嗎？利得集團都對抗不了湯言，你又能做什麼啊？這一刻，說不定湯言早就跟你們市領導達成某種交易了，你去彙報，搞不好反而會惹人厭的。傅華，你聽我的沒錯，你不彙報，領導只會說你消息不夠靈通，不會認爲你犯了什麼錯，你彙報了，事情反而變得麻煩了。」

傅華猶豫地說：「該做的事總是要做的啊，再說，我只是給領導提個醒，怎麼會讓事情變麻煩了？」

談紅嘆說：「這個醒你要怎麼提啊？跟領導說，湯言跟你是情敵，因爲嫉妒你，才會出手重組海川重機嗎？」

傅華說：「那你說讓我怎麼辦，就什麼都不做等著？」

談紅點頭說：「就等著，放心吧，估計湯言也不會蟄伏很久的，這件事情很快就會明朗化的。」

傅華想了想，就算他把事情的全部經過都彙報給金達和孫守義，估計對改變現狀也沒什麼實質的意義。反倒是如何彙報這件事是一個很大的難題，與其這樣，還真是不如裝糊塗的好。

傅華便說：「那算了，我就聽你的好了。」

從頂峰證券出來，傅華看看時間尚早，就回到海川大廈。剛把車開進停車場，就看到湯曼正開著車往外走要離開，便喊了句：「小曼，你來找我嗎？」

湯曼看到了傅華，高興地說：「是啊，傅哥，我剛去你的辦公室，見你不在正想離開呢，沒想到你回來了。」

傅華笑笑說：「那上去坐吧。」

停好了車，兩人便一起往海川大廈裏面走。

傅華說道：「上次不好意思啊，讓你那麼尷尬。」

湯曼不以爲意地說：「沒什麼，傅哥，只是沒想到你前妻的脾氣那麼壞啊，也虧你能受得了她。」

傅華爲趙婷辯護說：「她也不總是那個樣子的，最近這段時間她過得很不如意，心情就有點煩躁，如果冒犯了你，我替她跟你道歉好了。」

湯曼笑笑說：「就是吵幾句，也說不上冒犯不冒犯了，再說，我當時也罵了她幾句，算是扯平了。誒，傅哥，你的事我多少也知道點，我記得好像是你前妻拋棄你的，怎麼她又會回過頭來找你呢？」

傅華回說：「也說不上拋棄那麼嚴重啦，其實我也有不好的地方。她回過頭來找我，是因爲她跟現任的丈夫之間有了矛盾，想要找我幫她解決一下。」

湯曼笑了出來，說：「你這個前妻也真有意思啊，找前夫來解決現任丈夫的問題，這不是會把事情越鬧越亂嗎？她不會是又想離婚了吧？」

湯曼果然聰明，一下就看出了重點，傅華說：「還真給你說中了。」

湯曼樂了，說：「呵呵，我還真猜中了。傅哥，你的生活可真是夠豐富的。你攙和這件事，也不怕小莉姐生氣啊？」

傅華苦笑了一下，說：「我是不想參與的，可是我前妻那個人，怎麼說呢，她是個隨性慣了的人，想要幹什麼就會幹什麼，不會顧及別人的感受的。她既然找到我，我就無法再置身事外了。」

湯曼理解地說：「那是你心好，這種事你大可不理她的，當初她不就是爲了這個男人才跟你分手的嗎？」

傅華笑說：「小曼啊，事情不像你想得那麼簡單，我的前妻就是我的過去，一個人是不可能跟自己的過去完全劃清界限的，更何況，我們還有一個兒子，我總不能讓我兒子的媽媽成天生活在苦惱當中吧？」

「那事情解決的怎麼樣了，他們分手了嗎？」湯曼又問。

傅華回說：「算是吧，我前妻現在離開北京，離婚手續好像在辦理當中了。」

說話間，就到了傅華的辦公室，傅華給湯曼倒了杯水，然後問道：「小曼，你來找我有什麼事嗎？」

湯曼說：「也沒什麼事，就是經過。」

傅華忽然想到湯曼是湯言的妹妹，又跟鄭莉關係很好，一定會對他們之間的那段過往有所瞭解，也許可以從她嘴裏套出點什麼來，便說：「小曼，有件事我正好想問你，你對你哥跟小莉那段交往的情況瞭解嗎？」

話一出口，傅華就後悔了，他覺得這個想法實在是很齷齪，他怎麼能去懷疑鄭莉呢？

湯曼看了傅華一眼，笑了笑說：「傅哥，你怎麼突然會問起這個呢？」

傅華看到了湯曼眼神中的懷疑，故作輕鬆地說：「也沒什麼，時間都過去這麼久了，你哥還一直針對我，我就有些好奇，你小莉姐什麼地方這麼吸引你哥啊？」

湯曼笑說：「其實這是我哥單方面的喜歡罷了，小莉姐身上有一種超凡脫俗的味道，連我這個女孩子都覺得跟她在一起很舒服。雖然我哥沒跟我談起過他對小莉姐的感覺，但是我估計正是這一點吸引他的。他身邊的花花草草不少，但是能像小莉姐這樣不功利的人很少，因此他一認識小莉姐，就被小莉姐給吸引住了。」

傅華同意地說：「是啊，你小莉姐身上是有那麼一種讓人很舒服的氣質。」

湯曼開玩笑說：「這麼說，傅哥你也是被這個吸引住了？」

傅華笑了笑說：「是啊，我也是一個對功利沒太大興趣的人，我們算是氣息相投吧。只是我沒想到你哥那種從頭到腳都是功利色彩的人，也會喜歡小莉這樣子的。」

湯曼說：「我哥身邊圍著的女人大多是衝著他的錢來的，像小莉姐這種風格的，他很難遇到，自然會很心動。但是小莉姐對我哥的行事作風卻不感興趣，我哥那個人喜歡顯擺，做什麼都很高調，那輛邁巴赫開出來，沒有人不側目的。小莉姐跟他出來約會幾次之後，就有點受不了他，再約她就不肯出來了。我哥不檢討自己，反而覺得是他顯擺的不夠，又是大把的名貴鮮花，又是鑽石項鏈的拿著去找小莉姐，擺出一副狂轟亂炸的追求架勢，小莉姐不勝其煩，最後索性連我哥的電話都不接了。搞得我哥那段時間真是好一陣的鬱悶啊。」

傅華恍然說道：「原來你哥也有這麼愚蠢的時候啊，這簡直是背道而馳嘛，他想用金錢攻勢把小莉打倒嗎？小莉如果因此而喜歡他，那豈不是跟他身邊的其他花花草草一樣了嗎？」

湯曼忍不住笑說：「你該慶幸我哥沒發現自己的錯誤，要不然，估計小莉姐就沒你什麼事啦。」

傅華很有把握地說：「不會的，你哥那種人狂狷成性，就算是他意識到自己錯在哪裡，恐怕也低不下他那高傲的頭顱啊。」

湯曼不禁說道：「你還真是瞭解我哥的個性，他確實是那種人，寧折不彎。後來小莉姐跟你在一起，那陣子我哥經常在外面喝得爛醉，十分的痛苦。不過我哥有一點好處，那就是他很要面子，即使這麼喜歡小莉姐，他也不願意放下架子，低頭乞求小莉姐，反倒寧願把痛苦壓在心底。所以在小莉姐跟你交往到結婚的這段時間，他並沒有去打攪你們。我以為他把小莉姐給忘掉了，誰知道鄭叔竟然把你帶來跟他一起吃飯，舊賬一下子又翻了出來，就出現你們目前的這個狀況了。傅哥，我想我哥心中還是在恨著你的，這幾天我都待在他的辦公室裏跟他對坐，想逼他跟你道歉，但他就是不鬆口。」

傅華說：「小曼，我都跟你說不用了。事情過去了，我沒在生氣了，你就別去逼你哥啦，說不定他會因此更恨我了呢。」

湯曼愣了一下，說：「對啊，我還真沒想到這一層呢，我哥的個性還真是很有可能這樣的。」

傅華說：「所以啊，你就不要去逼他了。就算你最後能逼他跟我道歉，那也不是他真心的，何必呢。」

湯曼想想說：「這倒也是，算了，就放他一馬吧。說實話，他那辦公室也悶悶的，我待了一會兒就沒辦法待下去了，要不是因爲這件事，我進都懶得進呢。」

傅華又勸說：「小曼啊，你這個愛玩的性子也要收一收了，我不是要教訓你啊，只是上次發生那種事，很難不讓你身邊的朋友爲你擔心啊。玩不是不可以，但是別玩得那麼瘋，也別玩得那麼晚。」

湯曼臉一下子紅了起來，上次發生的事，她至今想起來還有點害怕，當時幸虧傅華在那兒，不然的話，她真不知道會發生什麼可怕的事。

她倒不是什麼貞潔烈女，情之所至，她也可以跟心儀的男人發生點什麼的，但是如果是在違背意志的情況下被人侵犯，那就是另外一回事了。

那晚根本就是這群男人事先設計好的，在她沒有戒心的狀況下，把毒品下在她的飲料中。在湯曼住院的時候，湯言找人查出了是誰算計了湯曼，並私下找人狠狠地教訓了那幫王八蛋。湯曼也不再跟這群男人往來，出去玩也比較有節制了。

湯曼保證說：「傅哥，吃一塹長一智，我現在已經不敢玩得那麼瘋啦。」

傅華笑笑說：「那就好。」

傅華的笑容看在湯曼眼中，有種溫暖的感覺，這是真心的關切，讓湯曼不禁心裏一蕩，原來這個男人的魅力在這裏啊，他的笑容讓她有一種融化了的感覺，難怪小莉姐對那麼優秀的哥哥不假顏色，卻爲這個男人不惜跟鄭叔反目。原來好男人也可以這樣吸引人。

湯曼有點怔住了，臉上不禁露出了一絲不自覺的笑容。

「你笑什麼啊，小曼？」

傅華看湯曼坐在那兒出神，臉上浮現著莫名的笑容，奇怪的問道。

傅華的話打斷了湯曼的思緒，讓她回到了現實中，她不禁暗自搖了搖頭，心說：你在瞎想什麼啊，傅哥可是小莉姐的，這不是你該想的。

湯曼趕忙笑笑掩飾說：「剛才我突然想起一件很好笑的事情，就出神了。」

傅華笑了笑，沒有深問下去。

看看時間已近中午，湯曼還沒有離開的意思，傅華就說：「小曼，中午我請你嘗嘗我們海川的風味吧？」

湯曼驚叫說：「你看我，光顧著跟你說話，都忘記我來是幹什麼的了，我來是想請你吃飯的，謝謝你救了我。」

傅華說：「小曼，你別老把這件事掛在心上好嗎？」

湯曼笑說：「你讓我請這次客，我就可以忘記了。」

傅華只好說：「行，那今天這頓飯就你掏錢好了，走吧，我們下去。」

湯曼搖搖頭說：「不要在這裏，我請客的話，跟我走好了。」

傅華便說：「那隨便你了。你說去哪裡？事先聲明，別去什麼大飯店，我們就兩個人，找個有特色的小餐廳吃吃就好。」

湯曼聽了，說：「這樣啊，我原來還準備帶你去凱賓吃西餐呢，要不我們去吃雲南菜吧，前幾天我去了一家，還不錯。」

湯曼就帶傅華去了一家飯店，在朝陽區三里屯北小街，飯店內清一色的木質桌椅，原色原味，很有麗江驛棧風格，讓人不覺有一種安逸感，時光到這裏好像就停滯了。

坐定後，傅華說：「小曼，原來你也會喜歡這麼安靜的餐廳啊？」

湯曼笑了，說：「說實話，我不是很喜歡，我更喜歡熱鬧一點的。不過這裏的菜色還不錯，我覺得很有特色，你會喜歡。我請客嘛，要讓你感到喜歡才行啊。」

「那謝謝了。」傅華回說。

兩人有一搭沒一搭的邊吃邊聊，正吃著，一個女人走了進來。在經過湯曼和傅華桌子的時候，女人停了下來，指著湯曼說：「誒，這麼巧，你也在這裏吃飯啊？」

湯曼看了看那女人，印象中好像不認識，便客氣地說：「你好像認錯人了吧？」

那女人笑說：「怎麼會，你不是湯少的妹妹嗎？」

傅華聽這女人提到了湯言，抬頭看了一眼。眼前的女人，瘦尖的瓜子臉，細眉之下一雙眼睛黑漆漆的，挺直的鼻梁，臉上的皮膚白皙，倒是一個美人。

湯曼看女人點出了她的身分，不由得愣了一下，也許是哥哥什麼時候帶著這個女人跟自己打過照面，所以她才會認識自己，便笑了笑說：「我們在什麼地方見過嗎？」

女人說：「真是貴人多忘事啊，我們是在鼎福俱樂部見過的。」

湯曼這才恍然，她衝進鼎福俱樂部包房的那一晚，傅華離開後，這女人有過來跟湯言打招呼，哥哥介紹過她，說她是鼎福俱樂部的老闆，叫方晶。不過那天兩人僅僅互相點了個頭，也沒交談過，事後自己就把這段事情給忘了。誰知道今天會在這裏碰到。

湯曼說：「我想起來了，你是鼎福俱樂部的老闆娘，你也來這裏吃飯啊？」

方晶笑笑說：「一個朋友跟我推薦這邊的菊花蜜柚，我就想來嘗嘗。這位是？」

方晶一開始就注意到傅華，看到傅華看了她一眼之後就垂下眼簾。她是一個對自己容貌很有自信的女人，見慣了初識男人看她的驚豔表情，傅華的淡然，讓她心裏有些失落。

這算是在北京她見過除了湯言之外，第二個對她容貌不感興趣的男人，方晶就很有興趣認識一下，如果這傢伙層次很高的話，也許可以發展成爲鼎福俱樂部的會員。

傅華看方晶問起了他，便站起來，自己報了身分：「我叫傅華，是小曼的朋友。」

方晶主動伸出手來，說：「我叫方晶，是鼎福俱樂部的老闆，很高興認識你啊，傅先生。」

傅華淡淡的跟方晶握了握手，回說：「我也很高興認識方老闆。」

方晶這些年不是沒見過在她面前假裝不在乎的男人，但是往往自己稍稍給點顏色，男人就無法自持了，有些男人還會趁握手的時候緊抓住她的手不放，而傅華僅僅沾了自己的手一下就鬆開了，方晶明白這個男人是真的對自己一點興趣都沒有。

方晶看了看湯曼，語帶曖昧的道：「這位傅先生是你男朋友吧，我是不是打攪你們約會了？」

湯曼有點尷尬的說：「方老闆，傅哥僅僅是我的朋友，你可別胡亂配對。什麼男朋友啊，人家可是有婦之夫。他岳父你見過的，就是鄭叔。」

方晶不好意思地說：「那是我誤會了，原來是鄭董的女婿啊，幸會幸會，不知道傅先生在哪裡高就啊？」

傅華笑了笑說：「我在海川駐京辦。」

方晶聽了有點錯愕，湯曼的朋友，鄭董的女婿，竟然是一個小小駐京辦的辦事員？鄭董也算是身價過億的富豪了，怎麼女婿竟然混得這麼差啊？

這種層級可是成不了鼎福俱樂部的會員的，雖然傅華並沒有要加入俱樂部的意思，但是方晶心裏已經將他判了死刑了。

不過這個男人不但沒被自己的容貌所打動，對自己擁有這麼大的俱樂部，也絲毫沒有驚訝的表示，倒算是見過世面。

方晶便客套說：「那我就不打攪你們用餐了，湯小姐，有空帶傅先生來俱樂部玩啊。」

湯曼看方晶聽到傅華的職業後，神態就冷淡了下來，便知道方晶是看不起傅華，便冷笑了一聲，說：「方老闆那地方太尊貴了，可不是我和傅哥能夠去玩的。」

方晶沒想到湯曼會這麼不客氣，想不到自己輕視傅華，湯曼竟然會生氣，這湯曼跟傅華的關係倒是很耐人尋味。

方晶正想開口時，傅華卻笑了笑說：「小曼是跟你開玩笑的，方老闆不會介意吧？」

傅華這麼一說，方晶便沒那麼尷尬了，便笑笑說：「怎麼會介意呢？玩笑我還是開得起的。」

湯曼還想說些什麼，傅華卻拽了她一下，對方晶說：「那，方老闆，我們是不是兩便？」

傅華跟湯曼的拉扯動作都看在方晶眼中，越發相信兩人的關係不簡單了，見傅華催她離開，便笑笑說：「那你們慢吃，我過去了。」

方晶離開後，湯曼瞪了傅華一眼，說：「你拉我幹嘛啊，明明是這女人狗眼看人低，一點都不尊重你，我是幫你出氣，你還幫她圓場幹什麼啊？」

湯曼的聲音不小，方晶也沒走遠，她的話自然而然就清楚的傳到了方晶的耳裏，方晶心頭不由得火起。

以她現在的身分財富，別人對她都是敬著寵著，何曾受過這個？湯曼這麼說，對她簡直就是一種侮辱，她頓了一下，有心要回頭跟湯曼吵架了。

就聽傅華大聲說道：「小曼，你還真是小孩子脾氣啊，別鬧了好嗎，今天可是你做東，你不會讓我這個客人被你鬧得吃頓飯心情都不愉快吧？」

正準備回身跟湯曼理論的方晶聽到傅華的話，便有些不好意思回頭了，因爲兩人要真是吵了起來，她便成了跟小孩子計較的人了；就算吵贏了，她也沒什麼面子。

方晶知道傅華這話是說給她聽的，心想：這傢伙倒是個七竅玲瓏的人，看到自己停了一下，就知道自己有吵架的意思，馬上就在後面點她，不讓她有機會回過頭去。

再一想，在公眾場合跟人吵架，似乎也不符合她現在貴婦的身分，便在心中暗道：「小丫頭，今天便宜你了，你別栽到我手裏，栽到我手裏，我一定會好好收拾你的。」

方晶便裝作什麼都沒聽見，繼續往前走了。

傅華這邊，湯曼被傅華說得很不好意思，便說：「好了好了，我不說了還不行嗎？」

傅華注意到方晶已經走到飯店的另一邊，找了個位置坐了下去，便鬆了口氣。如果這兩個女人吵起來，會鬧得大家都很尷尬的。

他對湯曼說：「你的脾氣啊，真是要收斂一些了。」

湯曼賭氣說：「我不怕她，收斂什麼啊。」

傅華笑了起來，說：「我知道你不怕她，但是如果你們兩個漂亮的女孩子在這裏吵起來，你覺得這場面會好看嗎？」

湯曼也忍不住笑了，如果真吵起來，場面一定很難看，到時候恐怕很難收場。她脾氣雖然有點刁蠻，但不是那種完全沒腦子的人，便說道：「我是一時氣憤，估計那女人也不敢回過頭來找我吵架的。」

傅華說：「人家都停下來了，要不是我說你要小孩子脾氣，她可能已經衝回來跟你吵起來了。這個女人不簡單啊。」

湯曼瞅了傅華一眼，酸酸地問說：「她是挺有魅力的，你不會是被她的美色迷惑住了吧？」

湯曼雖然很漂亮，但是她在方晶這種女人面前沒什麼自信，方晶成熟、冶豔，別有風情，對男人有很大的誘惑力。湯曼跟她站到一起，就顯出青澀來了。湯曼注意到飯店裏男人的目光大多停留在方晶的身上，少有看她的。

傅華說：「你說什麼呢，我是覺得這女人很聰明，我一點，她就及時克制住衝動，能屈能伸，很不簡單，是個人物。」

湯曼冷笑一聲，說：「當然是個人物了，要不然也不可能在北京的黃金地段開那麼一家豪華會所的。」

傅華說：「是啊，確實不簡單，誒，你哥沒跟你說這個女人的來歷嗎？」

湯曼有些不高興了，說：「你還真對她感興趣啊，竟然問人家的來歷。」

傅華笑笑說：「我也是好奇罷了。」

湯曼聳了聳肩說：「我哥沒說，我也沒打聽過，所以不知道她是什麼來歷。」

傅華警告著說：「我看這女人絕非善類，小曼，以後你再碰到她，最好儘量不要去招惹她。」

湯曼哼了聲說：「什麼東西啊，我怕她啊？」

傅華嚴肅地說：「我不是說你怕他，而是這女人的心計很深，你剛才說話時，方晶臉上瞬間閃過一絲陰毒的表情，我看了心裏都發毛。」

湯曼不經意地笑說：「傅哥，你是不是太誇張了，你說她生氣我相信，但是陰毒，沒到那種程度吧？」

傅華搖頭說：「她生氣跟你的生氣不同，你生氣會把心中的惱火表現出來，也會恨惹你生氣的人，但是不會想到要怎麼去整對方，出這口氣；這個方晶就不同了，她的第一反應就是要怎麼去報復。感覺就像你動了一隻蠍子，那蠍子馬上就豎起了尾鉤想要螫你一下一樣。」

湯曼笑說：「你這是在說，她是一個蛇蠍美人了？」

傅華點點頭說：「是啊，我有這種感覺。動物界有一個說法，越是豔麗的動物，毒性越大。換到女人身上，就是越漂亮的女人越危險。」

湯曼不禁笑道：「我怎麼覺得你連我也罵進去了？」

傅華笑了起來，說：「我可沒那個意思，我只是提醒你，這個女人很危險，儘量少去招惹她，知道嗎？」

湯曼不以爲意地說：「哼，我沒在怕的，她如果真的向我豎起毒勾，小心我連根給她拔了。」

傅華輕輕地搖了搖頭，這就是從有權勢家庭成長起來的小孩，他們對這世界甚少畏懼，因爲從小在父母的幫助下，他們做什麼事都是無往不利。這也成就了他們敢打敢衝的性格。

但是這種性格也有一個缺陷，就是他們認爲自己沒有什麼解決不了的事情，因此對周邊存在的危險就甚少警惕。湯曼現在這種心態，就是一種典型的二代心態，她認爲沒什麼事好畏懼的。他應該要提醒她一下。

傅華苦口婆心地說：「我不是說要你去怕她，可能你也有足夠的能力不怕她，但是她這種人很可能跟你玩陰的，就像上次在酒吧，就算你父母哥哥再有能力，變故發生的時候他們都不在你身邊，你還不是一樣抓瞎？小曼，你就聽我一句勸吧，今後對一些人，你還是要多幾分警惕。」

湯曼看了傅華一眼，感受到傅華是在關心她，心裏一甜，便笑了笑說：「既然傅哥你這麼說了，以後我會注意的。」

第八章

局面逆轉

張書記心中更加困惑了，這傢伙是來參加競標大會的？
難道白部長沒告訴他中天集團沒戲了嗎？
那白部長執意要中天集團參加競標，究竟是什麼企圖？
難道白部長有什麼妙招能讓整個局面大逆轉嗎？

中天集團，林董辦公室。

鄭堅把湯言想要中天集團加入海川重機的重組意思說了，林董聽完後，半天沒說話，他在衡量做這件事情的利弊。

鄭堅知道這件事要考慮的層面很多，也就沒急著追問林董的意見，只是坐在那裏，等著林董想清楚。

過了一會兒，林董才說：「老鄭，這個套路倒是可以試一試，只是在海川重機重組之後，我們中天集團能不能掌控這家企業啊？如果是爲了他人做嫁，我看就算了。」

鄭堅聽林董這麼說，知道他是動心了，便笑笑說：

「這個你放心，湯少是搞資本運作的，不會傻到把自己運作成股東的程度，他是想把這家公司的狀況搞好一點，在二級市場上有可以炒作的題材，然後他就會獲利退出的，所以他不會想要這家公司的控制權的。」

林董想想也是，他和湯言進入這家公司的想法不一樣，湯言是想找題材炒作股票，而他是真的想要一個可以把公司弄上市的殼，兩人倒是可以各取所需。借殼這一招雖然不如原本直接上市的好，但也未嘗不是一個退而求其次的辦法。

另一方面，湯言多少會給中天集團一定的資金補償，這也給了中天一個喘息的機會，所以林董實際上並沒有太多的考慮餘地，基本上只有接受這一條路可走了。

不過，林董也不想立刻就答應下來，他不想讓湯言覺得他沒有別的選擇，那樣他要價的籌碼就會被壓低了。便說：

「老鄭，這樣子吧，你給我點時間，我想去海川實地看一下，看看這家海川重機究竟是個什麼狀況，別再弄個亂團到手裏。」

鄭堅訝異地說：「你要去海川？這個不太好吧？你林董是名人，無緣無故的出現在海川，太顯眼了，這對海川重機的重組並不利。」

林董笑笑說：「誰說無緣無故啊，我要去參加舊城改造項目的競標。」

鄭堅愣了一下，說：「你還要去參加競標啊？那個案子海川方面不是明確表示中天集團沒戲了嗎？」

林董反問說：「沒戲我就不能去了嗎？我就要去，讓他們看看我並沒有被嚇到。當然，那是表面啦，真實的原因當然是順便借機考察一下海川重機，另一方面，我也想噁心一下海川那幫傢伙。」

鄭堅聽了便道：「那就隨你了。對了，還有一件事，如果你真的想參與海川重機重組的話，先把你們公司那個內奸給我找出來。這是一個心腹大患，我可不想再在關鍵的時候被人捅上一刀。」

林董臉色沉了下來，說：「這件事情你不說，我也要做的，我不教訓他，我林某人就白混這麼多年了。」

鄭堅說：「這麼說，你查出來是誰了？」

林董冷冷的說：「我早就有懷疑的目標了，我沒動他，只是因爲我還沒查清楚事情的來龍去脈。現在我已經查清楚了，也是到了要教訓他的時候了。」

鄭堅問：「你打算怎麼辦？」

林董笑說：「這種事你還是不要知道的好。媽的，中天集團差點因爲他就撐不下去了，你說我能怎麼辦？」

鄭堅提醒他說：「可別把事情鬧得太大。」

林董說：「放心吧，不會牽扯到你的。」

鄭堅看了林董一眼，沒再說什麼，看來這個內奸怕是要倒大霉了。

送走鄭堅之後，林董就撥通了財務部的電話，讓藍經理過來一趟。幾分鐘後，藍經理就走進了林董的辦公室。

林董看了一眼笑容滿面的藍經理，心裏不禁怒火中燒，這傢伙還真是冷血啊，他出賣了公司，把公司上市大計都給毀了，還害得公司幾乎撐不下去，他居然跟沒事人一樣，還可以笑得這麼開心。

作爲中天的財務經理，自己對他信賴有加，給了他極爲豐厚的待遇，這傢伙還出賣公司，到底有沒有良心？真是養不熟的白眼狼。

藍經理走到林董面前，說：「林董，您找我什麼事啊？」

林董也不說話，只是直直的看著藍經理，看得藍經理冷汗直冒，林董從來沒用這種眼神盯著他看，讓他從心底裏發毛，難道林董發現是他出賣公司的了？

他心虛的說：「林董，是不是我做錯了什麼啦？」

林董收回了直視藍經理的眼神，目光看向桌上的一疊文件，說：「小藍，你跟了我多少年了？」

藍經理想了想，說：「十多年了吧。」

林董說：「有這麼多年了嗎？」

藍經理回說：「有了，我來的時候，中天集團還是一家剛起步的公司，什麼都沒有。」

林董點點頭，說：「是啊，就是你們這幫兄弟跟著我一起打拚，中天集團才有今天這種規模的。我還記得你那時剛大學畢業，樣子還很青澀，一晃十幾年過去了，你也成家立業做父親了，我也老了。」

藍經理有點摸不著頭腦，他不知道林董跟他回憶這些究竟是想表達什麼，就看了一眼林董的表情，此時林董的眼神轉向窗外，看向了遠處，神情迷茫，似乎在回味一起打拚的那段歲月。

藍經理心中越發有不祥的感覺，林董很少在部下面前表現得這麼感性。不過他心中仍然尙存一絲僥倖，便乾笑了一下，說：

「林董，您這是說哪裡話啊，您一點也不老，現在您可是幹勁十足啊。」

林董並沒有理會藍經理的奉承話，繼續說道：「這幾天我一直在想，你們這些人跟著我打天下，爲中天集團付出了青春，付出了熱血，這都是難能可貴的，也不知道我林某人爲你們所做的夠不夠，對不對得起你們的付出？」

藍經理趕忙說道：「林董您爲我們做的已經夠好了，給我們這些老臣的待遇很豐厚，還給我們股份，實在是太好了。」

林董仍然不去理會藍經理的回答，看著窗外繼續說道：「也不知道我有沒有什麼地方虧待了你們，或者有沒有對你們不夠尊重的地方？」

藍經理額頭上的汗下來了，這個架勢表明林董一定是知道了什麼。他猶豫了一下，心想是否要跟林董承認是他出賣了公司。

但是他知道這次中天集團因爲他蒙受了極爲慘重的損失，決定打死也不承認，反正這件事除了束濤和仇冰，沒有其他人知道，便順著林董的話說：

「沒有，林董，您沒什麼虧待我們的地方。」

「我也沒想到有什麼地方虧待過你，」林董回頭再次直視著藍經理，說：「可是爲什麼你會在公司上市最關鍵的時候，在背後捅我一刀呢？」

藍經理心頭大震，林董直接問他爲什麼出賣公司，表示林董已經知道事情經過了嗎？還是林董什麼都不知道，只是在詐他？應該不知道吧，仇冰和束濤那邊並沒有什麼風吹草動啊？這一定是林董故意在套他的話。

藍經理強笑了一下，故作鎮定說：「林董，我不知道你爲什麼這麼說，我沒做什麼對不起公司的事啊？你是不是對我有什麼誤會了？我對公司可是忠心耿耿的，您可不要聽別人挑唆啊。」

林董一拍桌子站了起來，叫道：「姓藍的，都到這個地步了，你還在我面前裝啊，你跟我說，那個仇冰是怎麼回事？那個束濤又是怎麼回事？」

仇冰和束濤的名字被點了出來，藍經理立即撲通一聲跪在地上，看著林董，哭訴說：「對不起，林董，我也不想的，都是他們逼我這麼做的。」

林董上前踹了藍經理一腳，罵道：

「你這個王八蛋，他們逼你你就這麼做？你害得公司差一點倒閉。公司花費那麼多心血和時間才搞好的上市也毀於一旦，你還有點人味沒有？這些年我那麼看重你，你卻這麼對我？你說，究竟怎麼一回事？」

藍經理一臉懊悔地說：「對不起，林董，我是被人設計了。」藍經理就坦白招供了束濤聯合仇冰設計他的經過。

林董聽完，狠狠的又朝藍經理下巴踹了一腳，罵道：「王八蛋，你就爲了這麼點事，把公司的最高機密洩露給公司的敵人？」

藍經理跪在地上，連連的叩頭說：「林董，我知道錯了，您原諒我吧。」

林董冷冷的看著藍經理，說：「哼，你讓我怎麼原諒你啊？你能把公司搞上市了，還是能把海川舊城改造項目爭取過來？你要是能把這兩項都給我做到了，我就原諒你。」

藍經理知道這兩樣那一項他都是做不到的，便只好繼續不斷的哀求道：「我知道錯了，林董，您原諒我吧。」

林董冷冷的看著藍經理，抓起桌上的電話，說：「保安部嗎，給我來兩個人。」

過了一會兒，兩名保安進來，林董說：「這個姓藍的已經被公司辭退了，你們跟他去辦公室，監督著他收拾東西。」

藍經理仍苦苦哀求道：「林董，你放過我吧。」

林董生氣地說：「你給我閉嘴，我這是看在你跟我多年的份上才這麼輕的處分你，再囉嗦，別怪我把你送去公安局。」

藍經理只好灰溜溜的跟保安一起走出林董辦公室，隨即收拾了自己的物品，離開了中天集團。

晚上，滿心鬱悶的藍經理在酒吧喝酒，由於心情不痛快，很快就喝得醉醺醺的。出了酒吧，他也不敢開車，就招手打算攔輛計程車，一輛車子很快的停在他的身邊。

他有些詫異，車子並不是平常那種計程車的樣式，正困惑著，車上下來兩名大漢，抓住他就把他塞進了車內，隨即車子揚長而去。

在藍經理被不明身分的人帶走的時候，林董已經身在海川。他是坐下午的飛機來的，入住了海川大酒店。

林董並沒有通知任何人，進了房間，洗了個澡，就躺在床上休息。這是他一向的習慣之一。

到了臨近午夜的時候，林董的手機響了起來。他馬上驚醒，抓起手機接通後，對方只說了句：「林董，事情辦妥了。」

林董聽完，沒說什麼，就掛了電話。

原來林董一直在等這個電話，現在電話來了，他也就沒有任何心事，很快就進入了甜甜的夢鄉。

早上起來，神清氣爽，林董洗漱一番之後，就撥電話給張琳。

張琳看到林董的號碼，頓時一愣，他沒想到還會接到林董的電話，因爲他已經明確告知白部長，中天集團已經不可能得標了，如果林董知趣的話，就應該不會再打電話來。但是眼前顯示的號碼明明就是林董的，這傢伙到底想要幹什麼，來質問自己嗎？

不過張琳覺得也沒什麼好怕的，就接通了，說：「林董啊，這麼早打電話給我，有什麼事嗎？」

林董笑笑說：「張書記啊，也沒什麼事，就是我現在人在海川，住在海川大酒店，想起我們是朋友，有必要跟你打聲招呼，就打個電話給你。」

張琳有些錯愕，說：「林董你現在在海川？你來海川幹嘛？」

林董笑說：「張書記，您真是有意思，我來海川還能幹嘛啊？參加舊城改造項目的招標啊，明天不是舊城改造項目的招標大會嗎？」

張書記心中更加困惑了，這傢伙是來參加競標大會的？難道白部長沒告訴他中天集團沒戲唱了嗎？還是白部長讓他仍然要來參加呢？

如果是前者，白部長爲什麼不告知中天集團？如果是後者，那白部長執意要中天集團參加競標，究竟是什麼企圖？難道白部長有什麼妙招能讓整個局面大逆轉嗎？

張琳的頭大了，他原本以爲局面已經很明朗了，現在只剩下讓城邑集團得標這最後一個環節，但是林董的突然出現，讓整個局面再度複雜化了。

他乾笑了一下，說：「林董啊，你應該也知道中天集團最近這種狀況下，你們得標的機會幾乎是不可能了。」

林董笑說：「張書記，我們出狀況是被一些王八羔子算計了，那並沒有影響我們公司真實的實力啊。」

張琳臉皮一陣發緊，林董在他面前罵王八羔子，等於是指著禿子罵和尚，實際上就是在罵他。

他在心裏罵了幾句娘，嘴上卻笑笑說：「林董啊，就算是你們被人算計了，可是這件醜聞影響很大，我真的沒辦法再幫你們說話了。」

林董一副無所謂的說：「沒關係，就算張書記您不能幫我們說什麼話，也不代表我們中天集團就一定得不了標吧？我們中天集團的競標資格還在吧？」

張琳愣住了，他搞不明白林董是太盲目樂觀，還是別有依仗，難道白部長私下又幫中天集團做了別的溝通？

他開始擔心就在他以爲穩操勝券的這段時間內，林董和白部長不知在背後搞了什麼鬼。心說這需要找束濤查一下，可不能讓林董和白部長打他們一個措手不及，不過眼前得先把林董打發了再說。

張琳便說：「林董說的是，中天集團的競標資格還在，當然還是有可能得標。我也期待著這個結果。」

林董說：「那我先謝謝張書記了。誒，有時間我們見個面吧？」

張琳心說：你該不會又想送銀行卡之類的賄賂我吧？反正你們中天集團的命運已經是註定了，做什麼都晚了。

他便推辭說：「這就沒必要了吧，我已經幫不了你什麼忙了。再說，現在是競標的關鍵時刻，瓜田李下，我在這時候跟你見面會惹來閒話的，我們還是避嫌吧。」

林董本就沒準備張琳會答應跟他見面，他之所以打電話給他，無法是故布迷陣，讓張琳搞不清楚他這次海川之行的真實目的。

林董便說：「既然張書記這麼守原則，我就不好堅持了。」

掛了電話後，林董就又撥電話給丁江。

丁江聽說林董到了海川，也是十分的驚訝，說：「林董，你要來怎麼也不跟我說一聲，我好安排人去接你啊？」

林董笑笑說：「我是昨天很匆忙才決定的，到海川已經有些晚了，就沒打攪你。你在哪裡，我想去拜訪你一下。」

丁江說：「我在公司呢，你什麼時間來，我派車接你。」

林董說：「那你讓車子馬上過來吧。」

半個小時後，林董和丁江在天和房產的董事長辦公室見了面。

林董先歉意的說：「丁董，這次你們公司被我們中天集團牽累了啊。」

丁江大度地說道：「林董，你這話就是見外了，我們是合作夥伴，什麼牽累不牽累的。再說你也是被人算計了啊，中天的損失可是比天和大得多。」

林董笑笑說：「謝謝丁董這麼體諒我們啊。」

丁江說：「你就不要這麼客氣了。只是這次中天集團出問題，是你們內部出了漏洞，這個林董可要注意。這個漏洞不堵上，今後還會出問題的。」

林董點點頭說：「這個我知道，這件事我已經查清楚是誰幹的了，是我們公司的一個老臣被人收買了，把財務資料出賣給束濤。來之前我已經開除了他。丁董，現在企業的用人真是難啊，這傢伙跟了我十多年，我對他也很厚待，他仍然可以爲了錢出賣我，我真是失敗啊。」

丁江安慰他說：「這也怪不得你啊，社會風氣敗壞，人們都在朝錢看，爲了一點利益，親爹親娘都可以出賣，更何況公司呢。」

「誒，你這次來海川究竟是爲了什麼啊？不會是來參加明天的競標吧？」丁江問道。

林董點點頭說：「我就是爲了明天的競標來的，不行啊？」

丁江看了看林董，狐疑地說：「不會吧？」

林董哈哈大笑說：「有意思吧？早上我還打了電話給張琳，告訴他我來參加競標，他雖然不在我眼前，但是我想，他當時臉上的表情也跟你現在一樣的困惑。」

丁江更詫異了：「你還跟張琳打過招呼？呵呵，這事越來越有意思了。」

林董說：「對啊，張琳也算是跟我見過幾次面，可以稱得上是朋友了，我來這裏跟朋友打個招呼，應該吧？」

丁江猜說：「林董，你這不會是在故布迷陣吧？」

林董笑了笑說：「我就知道瞞不過你，我估計張琳這會兒心裏一定是在打鼓，甚至可能去找那個束濤討論我這次來海川的意圖了。我就是想讓他們這麼想，捉摸不清我要幹什麼。」

丁江聽了說：「這倒是可以捉弄他們一下，不過，這沒有什麼實際意義吧。」

林董說：「讓他們難受一下也好，當然，我來是有別的事的，第一件事，是我想把標書的內容改一下，儘量往好了改，丁董，你看行不行啊？」

丁江這下子徹底被林董的說法搞糊塗了，忍不住問道：「林董，是不是事情出現什麼轉機了？」

林董搖了搖頭，說：「不是有什麼轉機，說起來這是一個害人的招，既然我們得不了標，乾脆就弄一個極好的競標方案出來，就算賺不了錢也無所謂。」

丁江馬上就明白林董的意思了，既然張琳已經決定讓城邑集團得標，那在評標的時候，必然會貶低中天集團和天和聯合提出來的競標方案。如果做一個完美的競標方案出來，要貶低這個方案的難度就會加大，也會讓人覺得張琳明顯是偏向了城邑集團。將來城邑集團萬一出了什麼問題，那張琳就要承擔更大的責任了。

看得出來，林董對張琳和城邑集團是恨之入骨了，不然也不會這麼想方設法的要去報復他們。

林董氣憤地說：「丁董，我知道這沒有什麼實質意義。但是你知道，我們中天這次受的損失太大了，你說這個張書記是不是太壞了，你不想給我們，不給就是了，爲什麼還要來害我啊？但凡我有一點招數能對付他們，我都不會放過的。」

丁江語重心長地說：「你的心情我了解，不過也別被恨意蒙蔽了理智，有些事情還是要三思才好。」

林董說：「我自有分寸的，這也就是順便玩他們一下而已。標底的修改方案我已經讓他們做好了，你看可以的話，就這麼做了。」

丁江爽快地說：「中天集團做出來的修改方案一定是可以的了，我沒意見。」

林董笑了笑說：「那這件事情就這麼定了。」

丁江又說：「林董說有兩件事，那另外一件事情呢？」

林董說：「你們這裏有一個海川重機吧？」

丁江點點頭，說：「是有這麼一家工廠，因爲經營不善，虧損嚴重，海川市政府就把大部分股份賣給了一家叫做利得集團的公司。林董，你問它幹什麼？」

林董說：「能帶我去看看它的廠區嗎？等看了之後，我再告訴你我在想什麼。」

丁江說：「那太容易了，現在就去嗎？」

林董點點頭，丁江就帶著林董去了海川重機。到了地方後，丁江讓司機將車速減慢，繞著海川重機轉了一圈。

海川重機的廠房看上去很老舊，充滿了破敗的氣息，雖然還有人在出入，但是工廠並沒有機器開動的聲音，顯見這家工廠已經不能正常的開工了。

轉了一圈之後，林董又看了看工廠周邊的幾個地方，之後才讓丁江把他載回天和房產。回到董事長辦公室，坐下來後，林董就說：

「丁董，雖然舊城改造項目我們算是失敗了，但是我覺得並不是一無所獲，起碼我交到了你這個信得過的好朋友。怎麼樣，敢不敢再跟我合作一次？」

丁江說：「我們之間就不需要賣關子了，說吧，林董想要我做什麼？」

林董笑笑說：「你看海川重機的廠房如果騰出來，是不是可以開發成住宅區啊？」

丁江看了林董一眼，說：「你是想把海川重機給接收下來？」

林董點點頭，坦承說：「我有這個想法，中天集團上市的機會已經很渺茫了，只好換個方式，用海川重機的殼上市。如果真的把海川重機接收下來，如何處置海川重機的資產就是一個問題。我想索性把廠房拆掉，開發成房地產。這個廠區範圍很大，一定會有利可圖的。」

丁江聽了說：「可是這牽涉到工廠用地轉換為住宅用地的問題。」

林董說：「這個問題並不大，海川重機已經困擾海川市政府很久了，如果我們能拿出方案徹底解決這個問題，海川市政府肯定會配合我們的。到時候我們提出要把廠區用地轉換成住宅用地，我想海川市政府應該會同意吧。」

丁江想了想說：「這倒也是。」

林董又說：「一旦他們同意，我想跟你們天和聯合開發這塊土地。這塊土地我看了一下，雖然沒舊城改造項目那麼大，但是沒有拆遷補償的麻煩，估計能獲得的收益也不會太低的。」

丁江心裏快速評估了一番，海川重機的地塊並不差，雖然面積比較小，但相對來說，可以完全掌控局面，對天和房產來說也是有利的，便笑笑說：「那我就期待能跟林董再合作一把了。」

林董很有把握地說：「這次應該是十拿九穩了，我的一個朋友已經掌握了海川重機的大部分股份，只要我答應，就可以立即啓動操作了。」

丁江高興地說：「那太好了。」

林董又提醒說：「丁董，眼下具體要怎麼操作還需要研究，這件事目前還不宜對外宣布，等敲定了方案，我們再來談細節的問題吧。」

丁江說：「我明白的。」

第二天，雖然參加競標大會已經流於形式，但是林董和丁江仍然連袂出席。

也出席大會的束濤看到他們，神情略顯緊張，昨天張琳就通知他，林董會來參加這次競標，他也像張琳一樣緊張了起來，兩人都認爲林董這次來者不善，只是他們都猜不出林董究竟做了什麼手腳，才會這麼有信心來參加這個競標大會。

束濤和張琳在電話上商量了半天，最後也沒商量出個結果來，只好讓束濤再找幾個項目小組的成員，看看他們有沒有轉變立場再說。

束濤連忙找了項目小組的成員，探詢了一下他們的口氣，基本上跟原來講好的一樣，並沒有什麼改變。這越發讓束濤和張琳困惑了，難道林董這次來海川只是虛晃一槍，嚇唬人的嗎？

束濤決定親自出席這次競標大會，看看林董究竟想要做什麼。

林董看到束濤，心裏恨得牙癢癢的，不過在這塊地盤上，束濤是地頭蛇，眼下只好先忍下這口氣。

大會很簡短，一個副市長講了話，強調了舊城改造項目的重要性，然後就開始投標。各家參與投標的公司遞交了標書，大會開標，展示各家標書的內容，會議就結束了。競標的結果需要等評標之後才會宣布。

果不其然，就像林董事先預想的那樣，單純從標書的內容上看，中天和天和提出的方案是最優秀的，相較之下，城邑集團就遜色很多。可惜的是，他心裏很清楚這個方案是不會中選的。

這一次林董並沒有跟孫守義見面，他在離開海川前給孫守義打了個電話，簡單聊了一下，說明自己來海川的經過。孫守義說要給林董送行，被林董拒絕了。

林董就在當天下午飛回了北京。臨行前，他也沒忘記跟張琳打個電話告別，在電話裏，張琳假情假意的說了些沒能招待林董的應酬話，林董也敷衍了他兩句，就掛了電話。

張琳掛斷電話，心中又罵了句娘，直到現在，他也沒搞明白林董這次是爲什麼來海川，這讓他心神更加難以安定了。

當孫守義看到第二天召開的常委會會議議程上，包括了討論決定海川舊城改造項目的得標方時，他馬上就明白了張琳的意圖，這絕對不是想要搞什麼黨內民主，而是想要他和金達爲城邑集團做背書，這一招玩得真高明啊。

孫守義感到十分的憤怒，張琳和束濤這倆傢伙實在太過分了，他們費盡心機搞掉了他請回來的中天集團，現在又想要他同意城邑集團得標，這等於是他被人強暴了，卻還被逼迫說是自願跟對方發生關係的，這等於是一種肆無忌憚的羞辱。

正在孫守義氣憤時，金達打電話來讓他過去，孫守義就去了金達的辦公室。

金達看到他，就說：「老孫，明天常委會的議程安排你看到了吧？」

孫守義看了金達一眼，心說：金達不會也是對張琳把改造項目得標一事納入常委會討論不滿吧？便笑笑說：「看到了，有件事我正想徵求金市長您的意見呢，您覺得哪一家投標的方案比較好啊？這方面我們先統一一下意見好了。」

金達並沒有馬上說出自己的想法，而是看了看孫守義，說：「老孫，你個人的想法呢？」

孫守義覺得金達可能也在舉棋不定，因此才會問他的想法，不妨把自己的真實想法跟金達說，於是說道：

「我認真的比較了一下，感覺還是中天集團和天和地產提出的那個方案最好，規劃合理，專業性強，平衡了各方面的利益。中天集團不愧是來自首都的大公司，視野就是開闊，他們的方案確實不錯。我這麼說，市長您不會覺得我有私心吧？」

金達笑了笑說：「怎麼會，其實我也是這種感覺，只是中天現在爆出醜聞，嚴重影響了他們公司的信譽，選擇他們，公眾會觀感不佳的。」

孫守義反駁說：「財務造假這件事，其實很多人都明白究竟是怎麼回事，這種事我們政府也不是沒做過，海川重機不就是一個例子嗎？這並不代表中天集團就沒有開發項目的實力。」

金達聽了說：「話是這麼說，但是一般市民並不瞭解其中情由，他們一定覺得財務造假的公司，肯定是沒實力拿下這個項目的，如果拿下這個項目，其中必然有貓膩。老孫啊，我們先不說中天集團了，你對城邑集團的方案怎麼看？」

孫守義回說：「我個人覺得束濤的方案多是考慮他們公司自身的利益，規劃很不合理，如果採納他的方案，將來很可能有麻煩。」

金達的看法基本上跟孫守義相同，於是苦笑了一下，說：「可是我想張書記仍是想要支持城邑集團的。」

孫守義看了看金達，問道：「那金市長您的意思，是要跟張書記同一立場了？」

金達內心是不想跟張琳同一立場的。因為海洋科技園，他現在正是風光的時候，前途一片光明，可不想牽連到張琳和束濤這個麻煩當中。但是現在張琳把這個項目列入了常委會的會議議程，想要他背書的意味很明顯，金達不想被張琳這麼擺佈。

但是跟他唱反調的話，他們這個市委書記和市長的搭檔一定會發生直接的衝突，這種局面又不是金達想看到的。

孫守義看金達久久不說話，知道他心中也在爲難，看來金達也不想爲張琳背書，那如果不做這個背書，是不是有其他的路可走呢？

孫守義忽然靈機一動，想到了一個解決的辦法，便笑了笑說：「金市長，其實這件事，我們倆真沒必要這麼犯難，我倒覺得我們可以有魄力一點，就支持中天集團這個方案，至於常委會接不接受，那就不是我們的問題了。」

金達眼睛一下子亮了，孫守義點出了問題的重點，選擇哪個方案是常委會的事，作爲常委會的一分子，他和孫守義本就是可以各持己見的。堅持自己認爲對的方案並不犯錯誤。至於常委會最終選擇哪個方案，是常委會集體成員的事，他們才是最終要對選擇負責的第一人選。

這樣一來，難題就不在自己這裏，而轉移到了張琳那兒。這下子可有好戲看了。

金達心裏暗自好笑，這是搬起石頭砸自己的腳了，他可能吃定自己一定不會支持中天集團，自己就偏偏不按照他的思路去走，看看他在常委會上要怎麼收場。

金達便衝著孫守義笑了笑，說：「老孫啊，你說的很對，幹工作我們是需要有點魄力的。」

孫守義看金達理解了自己的意思，便跟金達會心的笑了起來。

北京。

林董剛到辦公室，工作人員就帶著兩名警察走了進來。

林董愣了一下，說：「什麼事啊？」

辦公室的人報告說：「林董，這兩位警察先生是轄區派出所的，他們說想找您瞭解點事情。」

林董指了指沙發，說：「兩位請坐吧。」

兩名警察就坐了下來，林董問：「兩位找我要瞭解什麼事啊？」

爲主的警察問道：「林董，我們來，是想瞭解一下你們財務部藍經理的情況。」

林董詫異地說：「藍經理怎麼了？」

警察說：「藍經理的家屬報案，稱藍經理失蹤了。」

林董吃驚地說：「失蹤了？怎麼會，什麼時間的事啊？」

警察說了日期和時間，林董想了想說：「你們說的這個時間我正在海川呢，我是去參加一個項目競標會的。藍經理在這段時間發生了什麼事，我真的不知道，恐怕幫不了你們什麼啦。」

警察問道：「藍經理的家屬跟我們反映，中天集團開除了藍經理，能請問一下，他究竟做錯了什麼嗎？」

林董苦笑了一下，說：「這件事說起來挺丟人的，我想兩位可能有所耳聞吧，前段時間中天集團被人將機密資料洩露了出去，經過調查，這個背叛公司的人就是藍經理，他將公司的財務資料賣給了我們商業上的對手。我找他談了話，他也承認了這一事實。本來我是想把他交給警方處置的，但是他一再哀求我放過他，我念在他是跟了我十幾年的老臣，一時心軟，就只把他趕走了事。你們說他失蹤了，他不會出了什麼事吧？如果真的出了什麼事，那我可是好心辦壞事了。」

警察看了林董一眼，問道：「你爲什麼會這麼說啊？」

林董說：「你看，我如果把他交給警方處理，你們一定會將他看管起來，也就不會發生這種事啦？」

警察追問說：「你說只是開除他？據我所知，你們中天集團因爲這次醜聞，上市計畫都失敗了，損失慘重，你會這麼輕易就放過藍經理？」

林董說：「跟你說實話，如果換了別人，我一定不會放過他的，但是藍經理不同，他是我們公司草創時期就跟著我的老臣了，我們是有感情在的，你讓我把他送進牢房，我真的下不了這個決心啊。」

警察看林董解釋得合情合理，也就沒在這個話題深入下去，便說道：「那你知道藍經理把資料賣給了誰？」

林董說：「他說是海川城邑集團的老總束濤，這家公司正在跟我們競標海川市一個舊城改造項目，算是我們的競爭對手。不過藍經理所說的，我並沒有留下書面資料，我也無法證實這件事是不是事實。」

警察就把城邑集團和束濤的名字記了下來，然後讓林董萬一再記起什麼來，一定要跟他們報告。林董說：「一定，一定。」警察就離開了。

第九章

老謀深算

丁江也很快從朋友那裏得知張琳在常委會上拍桌子說要流標的事，心中不得不佩服林董，他還真是聰明，本來是看似無用的一招閒棋，竟然在關鍵時刻發揮了這麼大的作用，閒棋也能算計人，不得不說林董老謀深算了。

海川市委會議室。

張琳掃視了一下會議室，常委們一一就座。金達和孫守義依次坐在他的左手邊，臉上都沒有笑容，顯然他們對召開這一次的常委會有些不滿。

張琳心裏冷笑了一聲，暗道：你們不滿意又能奈我何啊？現在常委會在我的掌控之下，你們也只能老老實實的聽我的擺佈了。

張琳輕咳了一聲，宣布開會。會議先討論了幾個人事安排，然後就把舊城改造項目得標的議題提了出來，讓常委們討論。

張琳心裏很篤定，就沒有先定調子，只讓常委們發表一下自己的看法。常委會上的講話是有先後次序的，張琳講完，就輪到金達了。

金達冷笑了一下說：「張書記，這件事一直是在您的主持下進行的，還討論什麼啊，您決定就好了。」

這話金達雖然是笑著說的，張琳卻聽出了強烈的不滿，金達不但對他主持這個項目很有意見，而且還不打算幫他背書，反讓他自己做決定。他心裏暗自覺得好笑，心說：你也只能這麼發發牢騷而已，一會兒你還不是要老老實實的同意我提出來的方案？又何必做這些無謂的掙扎呢？

張琳便故作大方地說：「舊城改造項目是我們海川市目前工作的重點，極爲重要，這樣一個項目，我怎麼能一個人決定呢？來來，大家各抒己見，群策群力，才能把事情給做好嘛。」

金達看了看張琳，說：「張書記真的想聽我們的意見？」

張琳心說：現在你就是孫猴子，也逃不出我的掌心的，我就讓你隨便說，看你能說出什麼花樣來。便爽快地說：「當然了，常委會本來就是一個暢所欲言的地方。」

金達便笑笑說：「那我可就說了。我比較了幾個參與競標的公司提出來的方案，我認爲中天集團提出的那個方案是最優良的，如果能夠按照這個方案實施改造，對我們海川市是最有利的。」

張琳雖然沒有預想到金達仍然會支持中天集團，但是他並沒有因此慌張，中天集團擺明了是一家有瑕疵的公司，他有十足的把握否決它。

張琳便說：「中天集團的方案我看了，我也覺得這個方案做的很優秀……」

金達想逗一逗張琳，就沒讓張琳把後面的話說完，搶先說道：「原來張書記也贊同中天集團提出的方案啊，這真是英雄所見略同了。要說人家中天集團真的是北京來的大公司，視野開闊，設計前衛，比城邑集團的方案要強上很多倍啊。」

張琳此刻仍然覺得他沒有失去對常委會的掌控，因此並沒有急著反駁，而是讓金達把話說完。

等金達說完後，他氣定神閒地說：「金達同志，你的話講完了嗎？」

金達衝著張琳笑了笑，說：「我的話暫時講完了。」

張琳說：「你講完了，是不是我可以繼續把前面的話講下去了啊？」

金達故意說：「原來張書記的話還沒講完啊，不好意思，我不該打斷您的講話的。請繼續。」

張琳便老神在在地說：「金達同志講的中天集團方案的優點很明顯，但是他們的缺點也很明顯。中天集團剛剛才爆出財務醜聞，這說明中天集團存在嚴重的商業信譽問題，他對外公佈的財務資料都是假的，我們又怎麼能知道他提交的方案資料是真實的呢，我們又怎麼能確保中天集團能夠按照他們提交的方案完成舊城改造呢？」

張琳說到這裏，掃視了一下全場，本來想顯示一下他掌控著整個局面，但是常委們都低著頭，沒有人在看他，他的權威落空了，這讓他有點失落，便重重的拍了一下桌子，藉以加強自己的語氣，說：

「顯然不能。因此在這時候強調中天集團提出的方案是怎麼優秀，根本就沒有實質的意義，是荒唐可笑的。」

張琳雖然沒有點名，但是在座的人都知道他的矛頭直指著金達，金達想起來反駁，卻覺得直來直去的對抗，很容易讓兩人發生衝突，也會搞得張琳下不來台，就掃了一眼孫守義，示意該他說話了。

孫守義事先已經想好了說辭，就笑笑說：「張書記，您的話講完了嗎？」

張琳見孫守義跳了出來，心裏咯登一下，這時候他意識到，今天這場常委會可能不像他想像的那樣子好掌控了，金達和孫守義看樣子似乎是事先溝通過，更可能他們已經想好了如何對付自己，看來自己要面對一場惡戰了。

張琳心裏開始有點慌了，但是他又不能不讓孫守義講話，只好勉強笑了笑說：「我說完了，守義同志你有什麼要說的嗎？」

孫守義笑笑說：「既然張書記說完了，那我說兩句吧。現在看來，真正有實力做這個項目的公司，基本上就只有城邑集團和中天集團這兩家了。我比較了一下兩家的方案，確實如同金達市長所說的那樣，中天集團提出的方案比較優秀。城邑集團對改造項目如何能平穩順利的進行著墨不多，尤其舊房拆遷這一塊考慮的更少。」

張琳明白孫守義開始發難了，這傢伙貶低城邑集團的方案，是在呼應金達前面的說法，根本意圖就是打擊城邑集團，讓常委會上的其他人不敢支持城邑集團，心中越發印證了金達和孫守義是有預謀的想法，就說：

「商人都是想牟利的，無利可圖的事他們是不會去做的，這一點我想守義同志應該明白，所以城邑集團這麼做也是情理之中啊。」

孫守義看張琳跳出來爲城邑集團辯解，知道張琳已經察覺到危機，開始坐不住了。便說：「張書記，您可以讓我把話說完嗎？您有不同意見的話，是不是等我把話都說完了，再來指正我啊？」

張琳面色陰了一下，孫守義這是拿他說金達的話來說他了，話雖然說的柔和，但是話裏話外都帶著暗箭，招招直衝著他的要害而來。這時候他開始後悔不該爲了打安全牌，把這件事提交常委會來討論了，現在倒好，金達和孫守義不但不想背書，甚至想要推翻他設想的方案。

張琳心說：還真是小看了這倆傢伙，尤其是金達，竟然知道在背後指使他人來衝鋒陷陣，挑戰他的權威了。好吧，我就給你們機會表演個痛快，看看你們能不能翻了天！

張琳便說：「說吧，守義同志。」

孫守義接著說：「張書記說的不錯，商人都是想牟利的，這一點，我想中天集團和城邑集團都是一樣的。我相信中天集團的方案肯定也是有利可圖的。錢，誰有本事誰賺，我沒意見。這不是我們今天討論的重點，我們應該討論的是，哪一個方案對我們海川市政府更有利？比較之下就會發現，城邑集團的拆遷安置設計存在很大的問題，這可是不行的。在座各位都知道，舊城改造項目之所以延宕到現在才啓動，就是因爲拆遷問題，需要拿出一個很好的拆遷方案來，因爲稍稍處理不慎，就可能釀成極大的抗爭。」

張琳已經聽不下去了，如果讓孫守義繼續這麼貶低城邑集團的方案，那原本支持他的常委很可能就會轉變態度。於是他再次插話說：

「守義同志，你這是不是誇大其詞了，什麼釀成極大的抗爭，你把我們的群眾想成什麼樣子了？他們就一點理智都沒有嗎？」

孫守義不以爲意地說：「我這是未雨綢繆。我這麼說可能存在一點私心，畢竟如果真的發生抗爭的話，首先受到衝擊的就是市政府，到時候出來解決問題的還是市政府。如果在座各位能夠保證城邑集團的拆遷方案不出問題，那行，我可以支持城邑集團的方案。」

張琳這下子真是急了，就算城邑集團的拆遷方案做得天衣無縫，也沒有人敢保證就一定不會發生問題，孫守義這麼一說，這些常委們都不是什麼有魄力的人，想要他們承擔城邑集團得標的一切後果，顯然是不可能的。

不能讓孫守義這樣說下去了，張琳氣急敗壞的說：「守義同志，你這不是胡攪蠻纏嗎？城邑集團搞改造項目，那是商業行爲，商業行爲都是存在風險的。你讓在座的同志們爲此打包票，算是怎麼回事啊？」

孫守義毫不示弱的說：「舊城改造項目如果僅僅是商業行爲，那也不需要在常委會上討論了！」

金達看孫守義和張琳針尖對麥芒，毫不相讓，擔心張琳惱羞成怒，會對孫守義不利，便衝著孫守義叫了一聲：「守義同志，你克制一下，這裏是常委會，怎麼可以這麼跟同志講話呢？」

孫守義知道金達這時候出來阻止他講話，是怕他把話講得過火了，現在他想要達到的效果已經達到，也該見好就收了，便說：「對不起，張書記，我剛才有點衝動了。」

金達訓斥孫守義，緊接著孫守義又道歉，讓張琳一肚子火無法發出來，心裏暗罵這倆傢伙雙簧唱得真好。

張琳臉色很難看，卻故作鎮定地說：「守義同志，不用說什麼對不起，本來就是在討論嘛，各抒己見而已。」

常委會上出現了短暫的冷場，其他的常委感受到金達、孫守義和張琳之間的火藥味，市委副書記于捷本來還想幫城邑集團講講話，現在只好作罷。

金達看張琳一副沮喪的樣子，心裏暗自好笑，這傢伙現在才知道弄巧成拙了啊。

金達覺得現在自己需要出面表達對孫守義的支持，就說：

「其實守義同志說的也是實在話，工人們動不動就來市政府門前靜坐，海川重機就是一個典型的例子，幾乎把市政府當做給他們發工資的了。所以我同意守義同志的看法，城邑集團的方案確實存在著這種隱患，所以我們政府這邊是不支持這個方案的。這個還請常委會在作出決定的時候慎重考慮。當然，我申明一點，如果常委會通過了城邑集團的方案，我們也是會無條件服從的。」

張琳心想，就算金達和孫守義不爲他背書，能讓其他常委會成員背書也是一樣的，就掃視了一下其他同志，說：「好了，金達同志和守義同志的意見已經講得很明白了，其他同志呢，也談一下你們的看法吧。」

這時候只要有一個人能夠挺身而出，大聲地講出支持束濤的城邑集團，這樣的話，他就可以順勢講城邑集團的優點，再來表決，就能順利通過城邑集團作爲得標單位了。

但是張琳很快就失望了，沒有一個常委主動提出說支持城邑集團，他有孤立無援的感覺。不行，不能這樣，必須找一個人出來說話，他便看了看副書記于捷，說：「于捷同志，說說你的看法吧？」

于捷被張琳點了名，再不說就交代不過去了，便乾笑了一下，說：「這件事還真是個麻煩，不過中天集團明顯是一個有瑕疵的公司，所以即使他們方案做得再漂亮，我們也不能選擇他們，選擇他們，我們無法跟市民們交代的。」

于捷話說得很含糊，但是否定了中天集團，在目前二選一的情況之下，隱晦的表達了他對城邑集團的支持。

張琳雖然不甚滿意，但是在目前的狀態下，于捷的表態聊勝於無，他便笑笑說：「看來于捷同志是支持城邑集團了。其他同志呢？」

金達看張琳竟然把于捷的含糊解讀爲支持城邑集團，從而想要製造出一種有利於城邑集團的氛圍來，心裏有點生氣，就說：「于捷同志，舊城改造項目將是我們下一個階段的工作重點，你最好能有一個明確的態度出來，你確定支持城邑集團的方案嗎？」

于捷還沒回答，張琳就先受不了了，瞪著金達說：「金達同志，你這是什麼意思啊，難道說是我歪曲了于捷同志的意思了嗎？」

金達本來是想讓張琳知難而退，但是人家直接找上門來了，他也不害怕，便說：「我只聽到于捷同志說他不贊同中天集團，但是並沒有聽他講支持城邑集團。張書記，您一開始就強調了舊城改造項目的重要性，對這麼重要的項目，于捷同志應該有一個明確的態度才對啊。」

張琳狡辯說：「現在就這麼兩個公司的方案比較可行，于捷同志否定了中天集團，很明顯就是支持城邑集團嘛，這還用說嗎？」

金達笑笑說：「我覺得還是講清楚比較好，因爲還有一個選擇，那就是兩家公司都不合適。」

張琳哼了聲說：「都不合適？這個項目已經折騰了半天，難道你想流標嗎？」

金達說：「既然這個項目這麼重要，我們不能因爲不想流標，就強行選擇一家公司。比起將來可能產生的痲煩來，寧可現在多費一點功夫比較好。」

張琳火了，說：「金達，你這是什麼態度啊？有你這麼做工作的嗎？」

金達也不示弱，說：「我這是實事求是的態度，能行就行，不行我們也不能勉強上馬。我不明白張書記您爲什麼非要支持一個存在明顯問題的方案。」

張琳說：「誰說存在問題了？金達同志，這不是你說了算的。我看你就是想要支持中天集團罷了。」

金達不禁冷笑一聲，說：「張書記，您剛才還讚揚中天集團的方案很好，怎麼一轉眼就忘了？」

張琳回說：「我也說了，中天集團是存在問題的，他們商譽很差，方案好有什麼用啊？方案好也要能實現才行。」

金達反駁說：「我不覺得中天集團不能實現他們提交的方案。他們財務造假只是因爲公司想要上市，不代表公司沒有實力。再說，要說公司有問題，難道城邑集團就沒問題了嗎？張書記如果沒忘的話，應該記得城邑集團逃稅的事，還是您給我打的電話，說讓我放他們公司一馬的。想不到這樣一家公司到你那兒，倒成了完美無缺的了。他們欠繳到期的土地出讓金，逃漏稅，這些都被查了出來，這麼多的問題擺在眼前，我看倒是城邑集團能不能完成舊城改造項目才是很令人懷疑的啊。」

張琳被金達揭出爲城邑集團說情的事，氣得臉色鐵青，這並不是件光彩的事，便辯解說：「金達同志，我為城邑集團說情，是因為城邑集團這些年對海川經濟貢獻很大，這樣的企業我們是應該給予照顧的，並不是出於私心。」

金達說：「我也知道城邑集團為海川經濟做出了很大的貢獻，所以我在可能的範圍之內幫他們減輕了責任。但是我們也要知道，企業貢獻大並不代表他們可以違法經營，這樣的企業，商業信譽也是存在很大的問題的。」

張琳掃了一眼在座的其他常委，發現除了孫守義之外，竟然沒有一個人敢抬頭看他，顯然這些常委們已經被金達的話給嚇住了，他明白無法扭轉在常委會上的頹勢了，便狠狠地瞪了一眼金達，一拍桌子叫道：

「好了，既然兩家公司都有問題，那就流標算了。散會。」

張琳說完，沒等其他人有什麼反應，自己拿著東西就走出了會議室。金達看了一眼孫守義，兩人眼神交流了一下，都感覺流標對他們來說已經算是勝利了。

從會議室往自己辦公室走的路上，張琳一直留意著身後有沒有常委跟著出來，他希望能有常委緊跟著他從會議室出來，跟他指責金達的不是，但是他失望了，直到他走進辦公室，他也沒看到有常委走出會議室，甚至連副書記于捷都沒有。

金達覺得張琳今天有點方寸大亂，失了章法了，因為就算是流標，也應該是常委會成員先表決才能做出決議的，他自行宣布流標算是怎麼回事啊？

金達看了市委副書記于捷一眼，說：「于捷同志，張書記可能正在氣頭上，忘了常委會的程序了，這流標也沒經過常委們討論表決，算不算數啊？」

于捷也馬上意識到這個問題，便說：「回頭我跟張書記提一下這件事吧。你看今天是不是就散會了呢，金市長？」

金達笑了笑說：「那就散了吧，只是你別忘了跟張書記說一聲，我們這邊還需要爲競標結果發個公告呢。」

金達這才收拾東西走出了會議室，依次于捷、孫守義等常委陸續走出會議室，回到各自的辦公室，于捷不想在張琳氣頭上去觸霉頭，便也先回了辦公室。

于捷不觸這個霉頭，但是有人卻無法按捺住興奮的心情。

張琳正坐在辦公室生悶氣呢，束濤的電話打了進來，高興地說：「張書記啊，常委會散了沒有啊，是不是通過了?晚上我們去哪裏慶祝一下啊？」

束濤興奮的語氣，似乎舊城改造項目已經是他的囊中之物了。這些話聽在張琳的耳朵裏顯得分外的刺耳，要不是束濤這傢伙自身企業做得那麼差，至於讓他這個市委書記在常委會上那麼受窘嗎？

張琳十分惱火，忍不住連髒話都罵了出來：「慶祝個屁啊，你以爲你那個破公司就一定得標啊？」

束濤滿心的興奮一下子被澆滅了，他有點被罵懵了，悶了半晌後才醒過神來，急忙問道：「張書記，難道我們公司沒得標嗎？怎麼可能？」

張琳氣呼呼地說：「怎麼不可能，你做的那個破方案，跟人家中天集團做出來的方案一比就漏洞百出，被孫守義在常委會上批評得一文不值，還得個屁標啊。你也是的，怎麼就不能把你搞關係的那個聰明勁用點在做方案上面呢？那樣子我幫你說話心裏也有底氣啊。再是你平時的關係是怎麼處理的，怎麼常委會上沒有一個人肯站出來幫你說話啊？你是不是根本就沒搞定這些關係啊？」

束濤納悶地說：「我都處理啦，除了金達和孫守義之外，其他的常委我都打過招呼了。」

張琳罵道：「你僅僅打個招呼頂個屁用啊？常委會上只有我一個人幫你頂著，其他的常委根本就沒人幫你說話。你是怎麼回事啊，在這麼關鍵的時刻掉鏈子。」

束濤心裏暗自叫苦，其實這實在怨不得他，原本他感覺城邑集團得標基本上是十拿九穩，上常委會也就是走個過場罷了，因此他只是跟幾個熟悉的常委打了招呼，稍稍的表示一下，就認爲沒問題了。再說，爲了爭取項目，他已經在藍經理、仇冰等人身上花了不少錢，也沒太多的資金再用來拉攏常委們了。

張琳接著罵道：「你那方案也做得夠蠢的了，你怎麼就不能先把方案做好一點，先拿下項目啊。拿下項目之後，什麼話都好說的。」

東濤現在心裏已經是一團亂麻了，他費盡心機，最後還是一場空，此刻心疼還來不及，哪還有心情再來聽訓呢？這個張書記也是，上什麼常委會啊？不上常委會，又怎麼能惹出這麼多問題來？

東濤便沒好氣的說：「好了張書記，您就先別埋怨我了，這麼說中天集團得標了？」

張琳忿忿地說：「還沒有，我怎麼會便宜了他們，在我的堅持下，你們誰也沒得標，流標了。」

表面上看，誰都沒得標，誰也沒贏過誰，似乎打了一個平手，但是這對篤定得標的束濤來說，卻代表是一場慘敗。這次流標，下次什麼時間再重啓招標很難說，形勢一時一變，城邑集團想再有現在的優勢恐怕很難做到了。

束濤覺得喪失這一切大好局面的因素，主要是因爲張琳畏手畏腳，不然這個項目早就是城邑集團的囊中物了，心中的不滿就呈幾何級數的增長。

但他對張琳市委書記的職務有所忌憚，就算再不滿也不好發作出來，只好嘆了口氣，說：「怎麼會這個樣子呢？」

張琳冷笑了一聲，說：「我知道你在想什麼，你送我的東西，到時去我家取走吧。」

雖然束濤真的很想把送的錢拿回來，但是如果真的把錢取回來，那兩人的關係就會變得尷尬起來。再說，他送給張琳的不僅僅是那筆存款，還有通過孟森安排，以張琳名義送給孟副省長的那份禮物呢，難道也去孟副省長那裏取回來嗎？

束濤明白，不管他怎麼做，這已經註定是一筆賠本的買賣了，還不如顯得光棍點，起碼可以維持住跟張琳的關係，便嘆了口氣，說：「張書記啊，您把我束濤當什麼人了？我是那種小氣的人嗎？算了，已經送給您了就是您的了，不要再說這種話了。」

束濤這麼說，給了張琳臺階下，他便順勢說：「那就以後再說吧。」

束濤心裏罵了句娘，什麼以後再說啊，你根本就沒想還給我嘛。

兩人也沒心情再聊什麼了，就掛了電話。

束濤滿臉沮喪的悶坐在那裏，沒有拿下項目對他來說是一個很大的挫敗，他將要面對因此所帶來的一連串的連鎖反應，尤其是孟森參與其中，前前後後，孟森也是出人出錢，做了不少的事。現在自己沒辦法兌現給孟森的承諾了，孟森肯定不會就這麼接受的，這可要怎麼善後啊？

束濤正在頭痛要怎麼跟孟森交代呢，辦公室的門猛地被推開了。

孟森臉色陰沉的走了進來，束濤便瞅了孟森一眼，說：「看來你已經知道發生的事了，先坐下來再說吧。」

孟森氣哼哼的坐到束濤對面，說：「束董啊，我真是搞不明白，張書記那邊我們送也送了，也幫他安排跟孟副省長搭上了關係，他怎麼還是沒讓我們得標啊？他的辦事能力也太差了吧，難怪郭奎和呂紀都看不上他。」

雖然束濤也覺得張琳辦事能力不行，但是他們畢竟是好多年的老朋友了，便說道：「這也不全怪張書記，都是金達和孫守義搞的鬼。」

孟森卻不買賬，叫道：「這關金達和孫守義什麼屁事啊，這兩個傢伙的態度我們早就知道的，不管怎麼樣，他們都是要阻攔的，張琳應該早就想好對策才對啊。我看根本就是他自己的問題，這傢伙既想當婊子，還想豎牌坊，這才搞得我們這麼被動的。好了，現在搞得流標了，有金達和孫守義在市政府那邊看著，能不能再重新招標都很難說。到頭來我們是一場空，還花了那麼多錢，這個張琳是不是該給我們一個交代啊？」

束濤瞪了一眼孟森，說：「他是市委書記，你想讓他怎麼跟你交代啊？得罪了他，我們都沒好果子吃的。」

孟森沒好氣的說：「那也不能就這麼放過他，爲了爭取這個項目，興孟集團不但接連受到政府的查處，還不得不收斂一些經營項目，損失慘重，現在項目拿不到了，這些損失我要怎麼填平啊？」

束濤說：「你的損失也不能完全算在這上面吧，我警告你啊，不要因爲競標結束了，你就放鬆了警惕，又開始做一些不該做的事。你可別忘了，孫守義和那個新來的公安局長姜非可都在盯著你呢。」

孟森氣得叫說：「媽的，這孫守義也真是的，我不過就是鬧了他一次場，又不是挖了他家的祖墳，有必要這麼恨我嗎？老子遇到他也算是倒了楣啦。他再跟老子過不去的話，老子找幾個人弄死他好了，真是氣死我了。」

束濤聽了說：「你怎麼還拿這種混混的作風出來啊，你現在是商人啦。」

孟森煩躁地說：「我也就是嘴上過過癮罷了，你當我真的要這麼做啊？束董，你說張琳我們是不是應該給他一點苦頭吃啊，要不然我心裏不平衡啊。」

束濤勸阻說：「你想動市委書記？我看你是昏了頭了。他少了一根汗毛對我們來說都是大事。這件事他跟我解釋過了，確實怪不得他的，是我們提交的方案有問題。」

孟森冷笑了一聲，說：「這傢伙肯定會這麼說，他不這麼說，就是他的問題了。束董，你有沒有那種感覺，就是這個張琳有點爛泥扶不上牆啊。你看前前後後他搞的這些事，哪一樣是順利的啊？我們跟在這傢伙後面，沒跟著沾光，反而跟著倒楣了。」

束濤心裏咯登一下，細想一下，孟森說的也不無道理，最近一段時間，他跟張琳的合作確實是每每受挫，甚至一度還鬧到翻臉的境地。是不是真的時運差了，鬥不過金達和孫守義了？如果真是這樣，那自己一開始就打錯算盤了，不該利用張琳從孫守義手裏搶這個項目的。

不過現在後悔已經晚了，此刻就算是去討好金達和孫守義，人家也不會搭理你的，還不如死心塌地跟著張琳，怎麼說他也是市委書記，還是有很大的利用價值的。

束濤便教訓說：「別瞎說，不是張琳，我們根本連這個項目的邊都摸不著。這件事他前前後後也幫我們出了不少的力，現在之所以失敗，根本上就是金達和孫守義一再跟我們作對的結果，這與你得罪孫守義有很大的關係，不能把帳都算在張書記的頭上。」

孟森叫說：「你別把帽子都扣在我頭上，你讓張琳把項目從市政府手裏搶過來，難道就不得罪孫守義了嗎？大家都有份好不好？」

束濤說：「行行，大家都有份，咱們也別互相埋怨了。這時候，我們就算去投靠金達和孫守義，人家也不要我們的，我們還是老老實實的跟著張琳吧。」

孟森嘆了口氣，說：「這倒也是，這倆傢伙在海川一天，我們就別想有好日子過了，怎麼想個辦法把他們給弄走啊？」

孟森說到弄走金達和孫守義，束濤忽然想到前段時間張琳讓他查的金達老婆萬菊跟海川一家雲龍公司過從甚密的事，這件事查了半天，並沒有查出什麼大不了的情況，他也就放了下來。也許現在應該是重啓這個調查的時候了，束濤相信如果查得仔細一點，金達的問題總會暴露出來的，那就可以對付金達了。看來應該什麼時間找找張琳，問問他對這件事情的看法。

有人沮喪，也有人高興，丁江也很快從朋友那裏得知張琳在常委會上拍桌子說要流標的事，心中不得不佩服林董，他還真是聰明，本來是看似無用的一招閒棋，竟然在關鍵時刻發揮了這麼大的作用，閒棋也能算計人，不得不說林董老謀深算了。

丁江就給人在北京的林董打了電話。

「丁董啊，什麼事啊？」林董接了電話。

丁江就向林董講了常委會上發生的事，講完後，很高興地說：

「林董，我真是佩服你啊，原本我還以爲你這麼做只是一時意氣用事呢，想不到還有這麼高妙的算計，孫副市長和金達市長用我們的方案把城邑集團的方案貶得一文不值，張琳硬生生被逼得不得不放棄城邑集團。」

林董淡淡地笑說：「丁董，你高看我了，這是意料之外的結果，不過，還是沒什麼實質意義啊，城邑集團沒得標，我們也沒得標啊。」

丁江說：「雖然是這樣子，起碼阻止了城邑集團，我覺得很解氣。林董啊，看來舊城改造項目可能要擱置一段時間了，我們正好操作上次你跟我提過的那個案子。」

林董聽了說：「丁董，現在有警察在我這裏，不方便，那件事回頭再談吧。」

丁江愣了一下，說：「警察在你那兒？出了什麼事啦？」

林董苦笑說：「有些小麻煩，你還記得上次我跟你說的，我的財務經理出賣了公司的機密資料，我把他開除了的事嗎？」

丁江說：「記得啊，那傢伙是活該，做出這種事來，開除他已經是最輕的處罰了，怎麼？還開除出麻煩了嗎？」

林董嘆說：「我開除他是沒錯，但是這傢伙前幾天失蹤了，現在有人在水庫發現了他的屍體，警察就跑來問我了。」

丁江驚說：「這傢伙看不開自殺了嗎？那也是活該，死有餘辜。」

警察還在面前，死有餘辜這種話講出來就不合適了，林董急說：「丁董，話可不能這麼說，死因現在警察還沒說呢，我也沒這麼想過，我這兒還有警察等著問案呢，我們再聊吧。」就掛了電話。

林董看了看坐在自己對面的兩名警察，尷尬的說：「是我商業上的一個夥伴，他們都知道藍經理坑害公司的事，很為我打抱不平，因此話可能說的有點過頭了，還請兩位不要介意啊。」

為主的警察說：「你不用緊張，林董，我們不會拿你朋友的話當真的。」

林董鬆了口氣說：「那就好。誒，警察同志，我可不可以問一下，藍經理是不是真像我朋友說的那樣，是自殺的？」

警察語帶保留地說：「對不起，林董，這個還在偵查期間，死因我們不便透露。你幫我們再回想一下，你開除藍經理，他是不是表現得很沮喪啊？」

林董想了想說：「沮不沮喪我還真是不好說，反正他當時就是一個勁兒地求我放過他，你們說，發生了這種讓公司蒙受巨額損失的事，我怎麼還能把他繼續留在公司啊？不過，我怎麼也不會想到他會意外喪生，我雖然恨他，卻沒有到非讓他死的程度，他的老婆孩子我也認識，現在這個樣子，讓我怎麼去面對他們啊？」

警察說：「你先不要自責，現在還無法確定是因爲什麼導致藍經理死亡的。你再想想，藍經理在公司或者其他地方，有沒有跟他有矛盾的人？」

林董說：「其他地方我不知道，在公司，藍經理跟同事都處得很好。也正因爲如此，當我發現是他背叛了公司，心裏十分的驚訝。」

警察又說：「那林董，你能不能再跟我們講講藍經理究竟是怎麼背叛公司的，越詳細越好。」

林董好奇地說：「這個與藍經理的死有關嗎？難道是我的競爭對手殺人滅口？」

警察笑說：「你別瞎猜，我們只是想更瞭解事件的經過。」

林董就又講了一遍藍經理出賣公司的經過，警察認真的做了筆錄。

當林董講到藍經理是被一位姓胡的科長約出去應酬，才會被人設計收買的時候，警察問道：「林董，你上次並沒有跟我們提到過這個人啊？」

林董詫異說：「我沒說嗎？可能當時我覺得這個細節不是很重要吧，因爲當時的重點都放在城邑集團上了。」

警察說：「重不重要是由我們警方來做判斷，你跟我們講一下，藍經理那晚去見的人叫什麼名字？」

林董回憶了一下，說：「讓我想想，好像是搞什麼房產行銷的，帶了一個女助手去。這個工作室的負責人叫什麼名字來著，你看我這腦子，一時還真想不起來了。」

警察耐心地說：「你別急，慢慢想。」

林董努力地回想著，說：「我記得他的姓很冷僻，不是那種常見的姓氏，姓什麼來著？啊！我想起來了，姓仇，叫做仇冰，那個工作室就叫仇冰工作室。」

警察立即記錄下來，說：「謝謝你了林董，你這個資訊對我們很重要。」

林董說：「不用這麼客氣，我應該配合的。」

警察又瞭解了一些別的情況，看看再也找不出什麼有價值的線索，就告辭離開了。

林董親自送他們出去，看著他們進電梯，警車開走了，才回到辦公室，他一直嚴肅的臉上這才露出一絲捉摸不定的笑容。

當仇冰看到警察找上門來的時候，心裏有著一絲慌亂，

他當時為了錢幫束濤拉藍經理下水，心裏就有些不安，尤其是當後來中天集團的醜聞鋪天蓋地的被媒體披露時，他更是害怕。

他沒想到束濤竟然把事情鬧得這麼大。中天集團的上市計畫被破壞，肯定不會善罷甘休的。仇冰十分後悔自己不該那麼貪財。但是事情已經做了，後悔也沒用，他只能祈禱不要讓中天集團找到他，否則就等著被報復吧。

日子就在這種擔心中一天天過去了，倒是風平浪靜，仇冰的心情就放鬆了下來，也許自己這段時間是白擔心了。

可就當仇冰覺得沒事的時候，警察卻找上門來，他的心又懸了起來。

他把警察讓到沙發那裏坐下來後，強作鎮靜的說：

「警察同志，你們找我什麼事情啊？」

警察笑了笑說：「仇冰，你認識中天集團的藍經理嗎？」

越怕什麼越來什麼，仇冰的神經緊繃了起來，他強笑了一下，說：「認識，我曾經托朋友幫我們介紹認識，想找他從中天集團幫我攬點活兒幹。不過那次見面的感覺並不好，所以就只見了那一面，後來就再沒聯繫了。」

警察質問說：「你確定嗎？怎麼藍經理跟中天集團的林董卻不是這麼說的，他說是你設下圈套，逼著他出賣了公司的財務資料。」

仇冰到這時候只有否認到底的一條路，不然他很可能要被帶走，去吃牢飯的。他叫道：「警察同志，你們別聽那個藍經理胡說，那晚我喝完酒就回家了，根本就沒跟他有什麼後續，這你可以問我的鄰居，我很早就回家了，又怎麼會設下圈套害他呢。倒是這個藍經理，吃了喝了，到最後也沒答應給我個案子。我說的都是真的，你們不信的話，可以把藍經理找來跟我對質啊！」

警察冷笑一聲，說：「仇冰，你是不是明知道我們找不來藍經理跟你對質啊？」

仇冰此時還不知道藍經理已經死翹翹了，詫異的說：「怎麼會，北京就這麼大，把他叫來頂多幾個小時而已。他如果不來的話，我也可以去的。」

警察看了仇冰一眼，說：「你怎麼還不明白，藍經理已經死了。」

「什麼！藍經理死了？」

仇冰跳了起來，他不相信一個活生生的人就這麼死了，怎麼可能？難道中天集團對他下了殺手？

恐懼迅速遍佈他的全身，虛汗冒了出來，他渾身的力氣一下被抽空，癱倒在沙發上。

警察看著面如死灰的仇冰，說：「仇冰，你究竟做了什麼，怎麼一聽藍經理死了，你會嚇成這個樣子？」

仇冰腦子裏飛快地思索著，該怎麼回答警察。雖然藍經理死亡這件事很可怕，但是對他來說，也不是一點好處都沒有，很多事就會死無對證了。

想到這裏，仇冰的心情平靜了一點，乾笑了下，說：

「警察同志，並不是我做過什麼，而是你突然說他死了，一個活生生的人就這麼沒了，你不覺得這是一件挺可怕的事嗎？」

警察狐疑地看了看仇冰，說：「可怕是可怕，不過也不至於把你嚇成這個樣子吧？你們之間真的沒發生什麼事情嗎？」

仇冰趕緊搖搖頭，說：「我們之間真的沒事。他是怎麼死的？」

仇冰一聽是有人在水庫裏發現了藍經理的屍體，但目前不能確定是藍經理自殺還是被人他殺的。不管怎麼樣，這個人的死與他有著千絲萬縷的聯繫，若不是他設局逼藍經理出賣財務機密，藍經理也不會有這樣的下場。這等於是他害死了藍經理。仇冰的心神就有些恍惚。

好不容易把警察打發走，仇冰馬上就打電話給束濤。

他聲音顫抖的把藍經理的死訊告訴束濤，束濤聽完並沒有太大的反應，冷靜的說：「仇冰，你慌什麼啊，藍經理死了關你屁事啊？」

仇冰心慌地說：「束董，這可是一條人命啊，這等於是我殺了一個人啊。」

束濤冷笑一聲，說：「賬可不是這麼算的，藍經理做那件事是收了我們錢的，有今天這個下場，也是他自行不義的後果。」

仇冰聽了，不禁諷刺說道：「束董，你還真是做大生意的人，這種事都能不動如山，夠狠啊。」

束濤冷冷地說：「仇冰，比這更糟的事我都遇到過，等你經歷過幾次，你也會跟我一樣習以爲常的。」

仇冰叫說：「饒了我吧，我現在心都還被嚇得撲撲狂跳，再遇到這樣的事情，我還不得瘋了啊！」

束濤問道：「你沒跟警察說後面的事吧？」

仇冰趕緊說：「當然沒有，我什麼都沒說。」

束濤吩咐說：「那你就把心放肚子裏吧，反正對方手裏也沒有什麼證據。我跟你說，別自己嚇唬自己，知道嗎？」

仇冰想想也確實是，他現在恐懼是自己的問題，而不是警方掌握了他什麼情況，還真是有點自己嚇自己了，便說：「我知道了，我自己有數。」

但是有些事，並不是你想如何就如何，即使仇冰不想自己嚇自己，卻無法控制自己不去想藍經理的事，因此一整天都是心神不寧的。

晚上他推掉應酬，回家吃飯。吃完飯，他又陪妻子看了一會兒電視，想把時間消磨過去。但是大腦卻不受控制，藍經理的面孔不時盤繞在他腦海，一會兒是藍經理色迷迷的樣子，一會兒又閃過藍經理被水浸泡了的臉，仇冰滿心的煩躁，就想去酒吧喝點酒，也許喝醉了就不會這麼煩了。

於是仇冰開車出去，隨便找了家酒吧，叫了杯烈性的白酒，開始喝了起來。

一杯下肚後，仇冰開始有暈忽忽的感覺，藍經理的形象暫時消失了，他喜歡這種暫時什麼都不用想的空靈感，就又叫了一杯。

接連幾杯下去，仇冰便有渾然物外的感覺，還真是何以解憂，唯有杜康啊。

他拿著酒杯自得其樂時，一個很漂亮的女子坐到了仇冰的身邊，搭訕說：「帥哥，一個人喝悶酒啊？要不要請我喝一杯啊？」

仇冰看了一眼那女子，覺得還挺合眼緣，他知道這些出入酒吧的女人是幹什麼的，平常他是不會搭理的，但是今天他心情特別不好，正想找人陪一下，就招手讓調酒師給女子也倒了一杯。

女子見有戲，便坐得離仇冰更近了些，兩人邊喝酒邊說笑，不一會兒就越來越親熱，女子很快被仇冰摟進了懷裏，不時嬌笑著在仇冰耳邊說話。女子呼出的香氣熏得本就有幾分醉意的仇冰更加陶醉了。

酒精的麻醉和色心的膨脹，讓仇冰徹底把藍經理的死拋諸腦後，心裏想的都是一會兒喝完酒後，如何帶這個女子去酒店開房瘋狂一下呢。

那女子看來也等不及了，問說：「帥哥，時間不早了，我們是不是換個地方啊？」

仇冰曖昧的說：「你還真是知趣啊，我正想問你呢。走吧，我們換個地方。」

仇冰就買了單，摟著女子出來，正準備發動車子，等女子上車時，女子的手機響了起來，女人就說：「你等一下，我先接個電話。」

女人站在路邊講著電話，聽聲音好像是在跟什麼人吵架的樣子，這時，從車後不遠處衝出來一個男人，手拿砍刀，指著女人叫道：「你這個臭婊子，又背著我出來勾搭男人，你看我不砍死你。」

女子看到男人頓時花容失色，衝著仇冰叫道：「你快走，別叫我男朋友抓到。」

仇冰見女子叫他快走，自然不敢稍停，一踩油門趕緊衝了出去。

仇冰瘋狂的往前開著，好避開那個男人的追殺，開著開著，忽然覺得眼前的景物詭異的扭曲起來，所有東西都扭曲成一個漩渦，漩渦當中，藍經理的腦袋冒了出來。

他不由得大駭，使勁一打方向盤，想要避開這個漩渦，只聽砰地一聲巨響，仇冰全身一震，眼前一黑，便人事不知了。

第十章

物極必反

束濤卻說：「張書記，我倒不覺得時機不對，金達正走紅運不假，
但是也有句老話叫做物極必反，古往今來，多少官員都是紅到極點的時候倒楣的？
人紅其實是要倒楣的前兆，我覺得現在才正是打擊金達的合適時機。」

商人和官員某些地方是很相似的，比方說對新聞的關注。從新聞中，可以掌握社會的政治風向，從而判斷自己應該採用什麼樣的動作。

林董也是一個很關注新聞的人，他每天早上第一件要做的事，就是翻看當日的報紙。今天也不例外，他一邊吃著早餐，一邊看著新送來的晨報。

看著看著，林董停下了吃早餐的動作，一條新聞引起了他的注意，新聞的標題是《一市民服食超量冰毒產生幻覺，瘋狂飆車致車禍殞命》，內容是一個仇姓駕駛人昨晚瘋狂飆車，發生交通意外致死的消息。

警方在該死者體內檢驗出大量的酒精和毒物反應，懷疑是因爲服食了超量的毒品產生幻覺，以爲被人追殺，這才飆車逃離，發生車禍的。林董臉上不禁露出了笑容，心說：仇冰這傢伙總算受到報應了。

這時，林珊珊也出來吃早餐，看到林董臉上的笑容，便問道：「爸爸，一大早的，什麼事讓你這麼高興啊？」

林董笑說：「不是高興，而是在報上看到一件趣事，覺得好笑。」

林珊珊坐了下來，說：「在哪兒，拿來我看一下。」

林董把報紙遞給林珊珊，說：「就是那則車禍的報導，報上說是死者服食了過量的毒品，產生幻覺，才會發生車禍。現在這些年輕人，怎麼就這麼不愛惜自己啊？」

林珊珊聳了下肩說：「這我可不覺得有趣，只感覺有點慘。」

林董說：「我是覺得新奇嘛，可能對你們年輕人來說沒什麼，但對我這個老傢伙來說，卻是不可思議的事。珊珊，我可提醒你啊，在外面玩得再瘋都可以，就是不能給我接觸這些東西，知道嗎？」

林珊珊笑笑說：「爸爸，我什麼時候碰過毒品了？放心吧，你女兒很乖的。」

林董搖了搖頭，說：「你一天不嫁出去，我這個做爸爸的就放不下心來。就說前段時間吧，你成天悶悶不樂的，我一直想問你，又擔心惹得你更加不高興，只能在一旁替你擔心。現在我看你心情好多了，是不是可以告訴爸爸，你究竟是爲什麼事那麼不開心啊？被男朋友給甩了？」

林珊珊笑了，她不開心是因爲孫守義被沈佳逼著跟她分手，這些當然無法跟爸爸講，便故作輕鬆地說：「爸爸，看你說的都是什麼啊，什麼我被男朋友給甩了，就你女兒長這個樣子，只有我甩別人的份，哪輪得到別人來甩我啊？」

林董看了林珊珊一眼，埋怨說：「你長大了，有些事開始不讓我知道了，好啦，隨便你，你不想說就不說吧。不過有一點你記住，被人欺負了一定要告訴爸爸，爸爸一定會幫你出氣的。」

林珊珊心想：男女之間很難說是誰欺負了誰，就算是爸爸這麼親密的人，也不適合介入其中的，便笑笑說：「好啦好啦，我知道你疼我啦。」

林董說：「你知道就好。對了，我今天要去見你鄭叔叔，談一項合作計畫，有沒有興趣跟我去啊？」

林珊珊知道父親剛受到一場重大挫折，作爲女兒，也很想在這個時候幫父親分擔點什麼，便問道：「找鄭叔叔是跟公司上市有關嗎？」

林董點點頭說：「公司鬧了那麼大的醜聞出來，如果想走正常管道上市幾無可能，你鄭叔叔跟我提了一個買殼上市的計畫，你跟我去聽一下吧，我已經老了，這些慢慢都要交給你去做了。」

吃完早餐，林珊珊便跟著林董出了門。

在車上，林董大致講了鄭堅的計畫，林珊珊聽完，眉頭皺了起來，說：「怎麼還是跟海川有關啊？爸爸，你吃海川政府的苦頭還少嗎？」

林珊珊這麼說，一方面確實是因爲林董在海川遇到了很大的挫折，另一方面，如果她參與海川重機重組這件案子的話，難免就會跟孫守義接觸，她曾經答應過沈佳，不再見孫守義，這下就無法兌現這個承諾了。

林董笑了笑說：「丫頭，你不懂的，換個地方爸爸就不會受挫折了嗎？就算換個地方也是一樣的嘛。我雖然在海川受到挫折，但是我也在那裏積累了經驗，積累了人脈啊。就說這一次舊城改造項目吧，對手費盡了心機，不還是沒拿到項目嗎？這說明什麼，說明中天集團已經在海川有了基礎了，我們正需要利用這個基礎開拓一片新的天地出來啊。你要記住，競爭是不可避免的，如果因爲怕競爭就退避三舍，那什麼事情都做不成的。只有敢於面對，才能做這社會的強者。」

林珊珊不禁感嘆說：「爸爸，你還是這麼鬥志昂揚啊。」

林董說：「爸爸就是這個性格，改不了的。我在海川失去的，也要在海川拿回來，怎麼樣，珊珊，敢不敢跟爸爸一起戰鬥啊？」

林珊珊想了想，自己不可能一輩子都不跟孫守義見面，因此也沒必要因爲怕碰到孫守義就不幫父親的忙，就笑笑說：「敢，怎麼不敢，我會幫爸爸拿回應得的東西的。」

林董滿意地說：「這才像我林某人的女兒。」

到了鄭堅的辦公室，鄭堅看到林珊珊也跟著來了，就打招呼說：「珊珊也來啦。」

林珊珊說：「鄭叔叔好，我爸想讓我參與這個計畫，就帶我來聽聽了。」

鄭堅看了看林董，羨慕地說：「老林，你養了一個好女兒啊，知道爲你分憂了。不像我，女兒跟我就像仇人似的。」

林珊珊笑笑說：「鄭叔，您別這麼說小莉姐，她可是比我強太多了，她自己的品牌經營得多好啊。」

鄭堅發著牢騷說：「我沒說她沒能力，是說她不能像你一樣為父母分憂。我們做父母的，養子女幹什麼啊，還不是希望等我們老了的時候，子女能轉過頭來幫我們啊？現在可倒好，嫁給傅華那個臭小子後，她就一門心思撲在傅華身上了，根本就忘了還有我這個老爸了。」

林董聽了，笑說：「老鄭，我覺得傅華不像你說的那麼不堪啊，你們是不是有什麼誤會，要不要我來幫你做個和事佬，幫你們調節一下啊。」

鄭堅婉拒了，說：「謝謝你了老林，別費這個勁了，我跟傅華之間沒誤會，我就是不喜歡這個臭小子。好了，不說他了，還是談我們的正事要緊。你來找我，是同意接受湯少的重組計畫了嗎？」

林董點點頭說：「是啊，不過我有一個前提條件，我想讓我女兒珊珊作為我的代表，參與這個計畫，跟著你們歷練一下。」

鄭堅立刻說：「這個不是問題，你們中天的財務醜聞鬧得那麼大，你林董的名字現在可是滿證券界沒有不知道的，這時候你再出面也不行啊，珊珊代表你走上幕前正是時候。誒，還有一件事，你們的內奸除掉了嗎？」

林董點點頭說：「我把洩露消息的藍經理給開除了，沒想到這傢伙竟然想不開，跳水庫死掉了。」

林董這麼說，是在鄭堅面前給藍經理之死一事定調，他希望以後說起這件事情來，都說藍經理是自己自殺的。林珊珊現在還很稚嫩，還不適合讓她知道自己陰暗的一面。

鄭堅不禁看了林董一眼，說：「這也是他自找的，死了也是活該。」

林董刻意大度地說：「也不能這麼說，這傢伙總是跟了我十幾年了。」

其實林董在對藍經理動手前是有些猶豫的，但是藍經理知道很多中天集團不可告人的秘密，這樣一個人放出去的話，會是很大的後患，爲了安全起見，他只好痛下殺手。

鄭堅笑笑說：「知人知面不知心。好吧，林董，既然你願意做這件事了，那是不是跟湯少約個時間見見面？」

林董點點頭說：「你來約吧。」

鄭堅就打電話給湯言，湯言說白天的時間都安排好了，雙方就約了晚上在鼎福俱樂部見面。

晚上，在鼎福俱樂部，林董也帶著林珊珊去了。

林珊珊已經算是見多識廣了，但是湯言的氣勢和排場還是讓她驚詫不已，這個男人的架勢，彷彿在黑夜中都能發光似的。

林珊珊一向對自己的容貌很有自信，但是湯言對她很冷淡，握了手，彼此算是認識之後，就再也不看她了。搞得她心裏很彆扭，心說：這傢伙需要這麼跩嗎？

雙方坐定後，湯言就開始說明他目前掌握的股份情況，林董也講了他去實地看過的海川重機的情形，覺得那塊地很有開發的潛力。剩下的問題，就是要如何啓動這個重組了。

林董讓湯言發表意見。湯言笑了笑說：

「我是這樣想的，首先，我們三方成立一家公司，用這家公司作爲母公司，把已經購買到的股份置於到這家公司之內，三方的持股比例，我們回頭再商定。再把地王項目置於海川重機中，海川重機由此就可以轉變成一個以地產項目爲主業的公司……」

正講著，有人敲包廂的門，湯言就停了下來，說：「各位，目前這個重組計畫還在醞釀當中，在外人面前都不要提，要保密，知道嗎？」

看眾人都點了頭，湯言這才喊了句「進來」，老闆娘方晶走了進來，寒暄著說：「湯少，今天有新朋友啊？」

湯言笑笑說：「是啊，鄭叔帶了新朋友來，來，我給你介紹，這位是中天集團的林董，這位是林董的千金，林珊珊小姐。」

方晶立即伸出手跟林董握了握手，說：「今天通過湯少，我們就算是認識了，以後歡迎林董和令嬡常來我們鼎福玩。」

林珊珊有點受不了方晶的媚態，心說這女人一雙桃花眼秋波蕩漾，生像要把男人吃掉一樣。不過在父親面前，她還是跟方晶握了握手。

寒暄完，方晶把目光轉向了湯言，笑著說：「湯少，你知道我前幾天看到誰了？」

湯言不解地說：「老闆娘，你看到誰了，關我什麼事啊？」

方晶媚笑著說：「你這個湯少啊，就是這麼沒有情趣，不關你的事，我會跟你說嗎？」

湯言愣了一下，問說：「你看到的是我認識的人？」

方晶回說：「對啊，湯少果然聰明，一猜就中。我在一家餐廳看到你妹妹湯曼了。」

湯言不禁笑了，說：「原來是吃飯碰到的啊，那丫頭老喜歡找一些有特色的餐廳，這沒什麼稀奇的啊？」

方晶笑笑說：「我也沒說有什麼稀奇啊，就是碰到了而已。對了，我還認識了鄭董的女婿呢，我進去那家飯店的時候，正好看到他們兩人在一起吃飯。誒，鄭董啊，你女婿挺帥的啊。」

湯言和鄭堅同時臉色都變了。

湯言臉色陰沉的說：「老闆娘，你什麼時間看到他們的啊？」

「就那天中午嘛。湯少啊，想不到你跟鄭董兩家交情這麼好，不但你們倆是好朋友，連你妹妹跟鄭董的女婿也是好朋友啊。」方晶開玩笑說。

鄭堅瞪了方晶一眼，說：「老闆娘，有些話可不能亂說，他們也就一起吃頓飯而已，不是什麼好朋友的。」

方晶搖搖頭說：「不是吧，鄭董，我看他們在一起有說有笑的，還拉著手呢，關係挺好的啊。」

湯言的臉色更加難看了，方晶的話給了他一個警訊，似乎傅華是在刻意藉機跟湯曼拉近關係。

如果傅華沒跟湯曼發生那次尷尬場面的話，他也許不會拿方晶的話當回事。但是湯曼似乎對傅華有某種程度的好感，這時候傅華再去套交情，居心就很可疑了。

湯言心裏就很彆扭，這個打敗他的情敵，現在還想染指他的妹妹，這怎麼讓他容忍得下去啊？簡直欺人太甚了。

他看了一眼方晶，下了逐客令說：「老闆娘，你還有別的事嗎？沒事的話，我這裏還有朋友……」

方晶暗自冷笑了一聲，看湯言和鄭堅的樣子，她就知道她說的事，是湯言和鄭堅都不願意聽到的，估計湯曼和傅華接下來沒好果子吃了。

她說這些，就是為了整一下湯曼，報復湯曼那天對她的不禮貌。她的目的已經達到了，就沒再留下來的必要了，便笑笑說：「那我就不打攪了。」搖曳著走出了包廂。

等她走後，湯言看了鄭堅一眼，苦笑說：「這個傅華還纏上小曼了！」

林珊珊看湯言有怪罪傅華的意思，便仗義執言說道：「湯少，我覺得你才是上了這個老闆娘的當了，這個女人看上去就不是什麼好人，我看她來說這些是故意的，似乎就是想讓你們對傅哥產生不好的想法。」

又一個叫傅華「傅哥」的女人，湯言真是有點哭笑不得，他問道：「你認識傅華？」

林珊珊點點頭說：「傅哥是挺好的一個人，他絕不會做出不應該做的事的。」

湯言和鄭堅互看了對方一眼，鄭堅忍不住說：「傅華這小子的女人緣還真是好的出奇啊？」

林珊珊詫異地看著鄭堅說：「鄭叔，不會吧，連你也不相信傅哥的為人？」

湯言此時已經沒心情跟林珊珊再去爭執，他只想趕回家去，警告一下湯曼，讓湯曼不要跟傅華走得那麼近。他便對林董說：

「林董，我們改天再談重組的計畫吧，今天就這樣吧。」

林珊珊還想為傅華爭辯幾句，林董卻看出湯言似乎有些事情不方便在他們父女面前講，就拉了林珊珊一把，對湯言笑了笑說：「行，我們就改天再談吧。」就拉著林珊珊離開了。

鄭堅想了想說：「湯少，其實林珊珊說的不無道理，方晶的話有些挑唆的意味，傅華那臭小子雖然不是什麼好東西，但還不算風流，你就別拿方晶說的當回事了。」

湯言說：「鄭叔，我也知道方晶刻意來講這些，是有別的用心，但是她講的也有一定的真實性，男人是很難說的，湯曼並沒有在社會上歷練過，很容易會被騙的，我得趕緊回去警告她一下，別讓她陷得太深。」

湯言回到家中，看湯曼的房間亮著燈，就過去敲了敲門，說：「小曼，還沒睡嗎？」

湯曼回說：「我還沒睡，哥，你要幹嘛？」

湯言笑笑說：「我想跟你聊聊，可以嗎？」

湯曼開了門說：「進來吧。」

湯言進了湯曼的房間，看湯曼穿著睡衣坐在床上抓著書在看著，就笑笑說：「今天怎麼這麼乖，沒出去玩啊？」

湯曼瞅了湯言一眼，好笑地說：「你這個做哥哥的真是有意思，我不知道你是真的關心我，還是裝親切。我這些日子每天都是很早就回家了，你都沒注意到啊？」

湯言不好意思地說：「我還真是沒注意到，小曼，你別怪哥哥啊，你也知道哥哥在外面很忙，哪有時間注意到你啊。」

湯曼調侃說：「是啊，你很忙，忙著泡小姐是吧？要不要跟我顯擺一下，今天又跟哪個紅牌小姐廝混了？」

湯言臉色沉了下來，語氣嚴肅地說：「你怎麼跟哥這麼說話啊？是，我對你是不夠關心，我對你說聲抱歉，但是男人在外面難免需要應酬的嘛，你看我們是在玩，實際上那都是為了工作。」

湯曼笑了，說：「好了，哥，你不用在我面前裝好哥哥了，我已經長大了，不是賴在你身邊的小女孩了，我會過好自己的生活的。你就說找我什麼事吧？」

湯言說：「我有件事想問你，前幾天，你是不是跟傅華出去吃飯了？」

湯曼點了點頭，說：「對啊，你怎麼知道的？哦，我知道了，是鼎福的老闆娘告訴你的吧？」

湯言點頭說：「是，是她告訴我的。她跟我說你跟傅華在一起吃飯，有說有笑的，很親熱。」

湯曼不禁笑了起來，說：「那天是我請傅哥吃飯，請人吃飯當然是有說有笑的了，難道我請人家客，還要給人家臉色看啊？莫名其妙。」

湯言又說：「那也不需要拉著手吧？」

湯曼愣了一下，說：「誰拉著手了？方晶這麼跟你說的？」

湯言回說：「對啊，不是她跟我說，我怎麼會知道？」

湯曼生氣地說：「你聽那個女人胡說八道，我們就是在一起吃個飯而已，拉手幹什麼？那次是我想要諷刺那個女人幾句，傅哥不讓，就拉了我一把，示意我不要說話。」

湯言奇怪地問道：「你去諷刺方晶幹什麼？」

湯曼氣說：「那女人狗眼看人低，拿傅哥不當回事，我看不慣。」

湯言眉頭皺了起來，教訓說：「你這丫頭，什麼人都好惹啊，方晶可不是簡單的人物，連我都得讓她幾分的，你卻去惹她，真是不知所謂。」

湯曼聽了說：「傅哥跟你的看法一樣，他說這個女人是蛇蠍美人，惹到她會被報復的，這才制止我去說她。」

湯言心想：傅華的眼光倒還算銳利，看出了這女人不好惹。

他便對湯曼說：「對啊，人家這不就報復上來了嗎，今天她特地跑到我的包廂來告訴我這件事。你也是的，傅華是你什麼人啊，需要你幫他出頭？」

湯曼瞅了湯言一眼，說：「傅哥是我的朋友，我請的客人，那個方晶看低他，我就要幫他抱不平。再說，你知道是那個女人報復我，你還跑來質問我幹什麼啊？」

湯言看湯曼不在乎的神態，生氣地說：「我是特別來提醒你一下，不要跟傅華走得那麼近，小心上了他的當。」

湯曼回嘴說：「我上傅哥什麼當啊？是我去找他的，請吃飯也是我堅持的，人家那晚救了我，卻被你打了一頓，我請他吃頓飯表示一下感謝和歉意，這有什麼問題啊？我那是跟傅哥吃飯，不是在上床，上什麼當啊？」

湯言瞪了湯曼一眼，說：「你這丫頭，說話怎麼這麼粗俗啊，上床都出來了，你太幼稚了，根本就不知道人心險惡。傅華糾纏著你幹什麼？尤其是他跟我還有那麼多的恩怨，我看他除了是想占你的便宜之外，再就是想拿你當做報復我的工具。」

湯曼臉色變了，也回瞪著湯言說：「哥，真不知道你想法竟是這麼齷齪。你是不是患了被迫害妄想症了？好像全世界的人都想害你一樣。你老覺得傅哥好像每時每刻都想對付你，這都是你瞎想出來的，我跟你說，人家根本就沒拿你當回事，甚至連你打他都沒往心裏去，還叫我不要跟你去計較道不道歉的事。你知道這是什麼嗎？這叫大度。」

沒有比被人不當回事還讓湯言受不了的，從小到大，他一直都是人們視線的中心，他已經習慣了被人關注，突然出現一個人說根本就不在乎他，這個人還帶走了他最在乎的女人，這種精神上的藐視對他是更大的傷害。

湯言惱火的怒視著湯曼，叫道：「你懂什麼，這就是傅華最騙人的一點，他讓你放下防備心，只有放下戒備心理，他才能把你玩弄在股掌之中。真是邪門了，你們這些女人怎麼就那麼相信他啊。」

角尖了。」

湯曼說：「你才是邪門呢，你根本就是因爲小莉姐才對傅哥有成見，我看你是鑽進牛角尖了。」

湯言叫道：「我沒有，那晚我親眼看到他對你那個樣子，所以我才不相信他的。」

湯曼冷笑一聲，說：「哥，你是不是還拿我當什麼都不懂的小孩子啊？就你的頭腦來說，你會不知道那晚傅哥只是要幫我，並沒有做什麼對不起我的事嗎？你現在這個樣子，要麼是你被嫉妒蒙上了眼睛，要麼就是你在裝糊塗！」

湯言氣憤地說：「根本就是我親眼看到的，我裝什麼糊塗啊。」

湯曼沒好氣地回說：「你親眼看到什麼了啊？不要以爲我那晚失憶了，就什麼都不知道了。我來告訴你那晚你看到了什麼行嗎？你到現場，我在車內，傅哥爲了避嫌，站在車外，他是在車外打電話叫你來的，你開著你拉風的邁巴赫衝了來，打開車門，看到我把上衣都扒掉了。上衣是我自己脫掉的，跟傅哥有什麼相關啊？你卻不分青紅皂白直接給了傅哥一拳。」

湯言愣了一下，說：「你都想起來了？」

湯曼頗有感觸地說：「失去的記憶慢慢也是會回來的。你知道這些天我一直在想什麼嗎？我在想我那聰明的哥哥在看到我那樣的時候在想什麼，是兄妹情深，一時激憤打了傅哥呢；還是覺得被你的情敵救了你妹妹，你低不下這個頭跟傅哥道謝，這才假意發作打了傅哥呢？」

湯言聽了說：「小曼，你怎麼這麼想哥呢？當然是第一種原因了。」

湯曼苦笑了一下，說：「我也想當做是第一種原因，但是後來，我看到我那麼求你，你仍然堅持不跟傅哥道歉，我心裏就明白了，你根本就是在乎你的面子甚於在乎我的，這樣子的話，顯然就不是第一種原因了。」

湯言反駁說：「小曼，你別胡說，根本就不是你想的那樣子的。」

湯曼搖搖頭說：「哥，你就別裝了，你湯言是什麼人啊，這些年，你做事從來都是每個細節都會算計到的，什麼難題到你手裏很快就能找出解決的方法來，你會想不出那晚究竟發生了什麼事嗎？」

湯言還想爲自己辯解，說：「不是的，小曼，你真的誤會我了。」

湯曼笑說：「哥，我誤沒誤會你，你自己心裏最清楚，我也不會因爲你把我都算計了，就跟你怎麼樣，你畢竟還是我哥，我還會像以前那樣子尊重你，愛你的。」

湯言連連否認說：「小曼，你真的誤會我了，我從沒這麼想過。」

湯曼直視著湯言的眼睛，說：「我知道你撒謊的時候，眼神就會躲閃，這是你的習慣動作，剛才這話，你敢對著我的眼睛說嗎？」

「對著你說就對著你說，我怕啊？」

湯言強迫自己直視著湯曼，想把話再重複一遍，但是他的眼神還是習慣性地閃開了，只好說：「我不跟你玩這種小孩子的把戲。」

湯曼笑了，說：「哥，有時候我覺得你這人挺沒勁的，面子對你就那麼重要嗎？甚至比家人還重要？」

湯言鐵青著臉說：「當然不是了，你這丫頭也是的，怎麼能相信一個外人，卻不相信自己的哥哥呢？」

湯曼笑笑說：「我相信傅哥，是因爲他有人味，不像你這麼多算計，跟他相處，我有一種很放鬆的安全感。哪像你，成天覺得自己有錢了不起，還埋怨那些在你身邊的女人都是衝著你的錢來的，真是可笑，你也不想想，除了錢，你還能給那些女人什麼啊？你能給她們的只有錢，她們如果不愛你的錢的話，你也沒有什麼別的能讓人愛上的。」

湯言氣得臉都紅了，指著湯曼說：「你這丫頭，怎麼這麼跟我說話啊，我看你是中傅華的毒太深了，把你哥看得這麼不堪。」

湯曼繼續說道：「哥，你這麼氣急敗壞，是不是被我說中最痛的地方了？我不知道你對自己是怎麼定位的，就像今天，一聽到我跟傅哥吃飯，就急匆匆跑回來質問我，你拿自己當什麼啊？衛道士嗎？還是一個愛護妹妹的哥哥？還是覺得我跟傅哥吃飯傷了你的面子了？你可別告訴我，你是爲了我不上當才這麼匆忙趕回來的。」

湯言哼了聲說：「我當然是怕你上傳華的當才趕回來的。」

湯曼正色地說：「哥，現在就我們兄妹倆，你就不能拉下你的面具，對我坦誠一點嗎？」

湯言瞅了湯曼一眼，說：「我看你這丫頭真是瘋了，我什麼時候不坦誠了？」

湯曼吐嘈說：「你做人什麼時候坦誠了？你以爲我不知道啊？你真的那麼喜歡小莉姐嗎？你是因爲人家甩了你，傷了面子吧？如果你真的那麼喜歡小莉姐，應該就不會包養什麼大學生，還每天晚上去俱樂部花天酒地，夜夜笙歌了。我覺得還好小莉姐沒選擇你，不然的話，她早晚要跟你離婚的。可笑的是，明明花天酒地的是你，你竟然還跑回來質問我跟傅哥吃飯的事，難道只許你周官放火，我卻連點點燈都不行啊？」

湯言氣得揚起手來想要打湯曼，湯曼卻冷冷的看著他，說：「怎麼，說不過我就想打我啊？」

終究這個妹妹還是一家人的心肝寶貝，湯言不忍下手，他放下了手，說：「我不過是被你氣的，我警告你啊，不准繼續跟傅華來往了，就算他再好，他也是有婦之夫，你跟他走得太近很不合適。」

湯曼回說：「我沒有想要跟傅哥怎麼樣，他就是朋友而已，倒是你，別那麼小雞肚腸啦，老是想要對付傅哥，小莉姐的事你也該放下了。」

而去。

湯言沒好氣地說：「我的事你管不著。」

湯曼也不客氣的說：「那你也別來管我的事。」

湯言嘆了口氣，說：「好了，隨便你，你愛怎麼樣就怎麼樣吧。」說完，湯言就摔門

幾乎在同一時間，張琳在外面應酬完了，疲憊的回到家中，妻子過來跟他說束濤來了，他愣了一下，說：「這麼晚了他來幹嘛？」

張琳妻子說：「他早就來了，一直坐在客廳等你，也沒說要幹什麼。」

張琳就去了客廳，束濤立即站了起來，說：「張書記忙到這麼晚啊？」

張琳笑了笑說：「人在江湖，身不由己啊，各方面都得應酬到。你找我有事啊？」

束濤欲言又止地說：「有件事想跟您單獨談一下。」

張琳看了束濤一眼，看束濤的樣子，似乎要說的事情很隱秘，不想讓他的妻子知道，心中懷疑束濤是不是爲了送他的那個存摺而來的，便說：「那我們去書房吧。」

兩人進了書房，張琳便主動地說：「你是爲了存摺來的吧？不好意思啊，我沒敢放在家裏，在銀行的保險箱裏呢，這樣吧，明天我讓我老婆給你送過去好了。」

束濤立即說：「張書記，您拿我束濤當什麼人了？都跟你說送您就送您了，我不會拿

回去的。我來不是爲了這件事的。」

張琳暗自鬆了口氣，便笑笑說：「那你有什麼事啊？」

束濤說：「我是想跟您談談金達。」

張琳奇怪地說：「金達有什麼好談的？」

束濤說：「是這樣子的，孟森找過我，我們倆合計了一下，都覺得金達和孫守義這倆傢伙繼續在海川的話，我們都沒好日子過了。我想，張書記您一定也有同感吧？」

張琳在束濤面前倒也不用假裝，上次常委會的那一鬧，金達和他之間的矛盾幾乎是白熱化了。

金達借此一役，在海川政壇奠定了可以跟他分庭抗禮的基礎，某種程度上，甚至金達的實力還壓他一頭。自然而然就有一些風言風語傳到他的耳裏，張琳也就更把金達恨之入骨了。張琳便嘆了口氣，說：「我是有同感，但你說這些是什麼意思啊？」

束濤說：「我想這兩個人最起碼要想辦法趕走一個，他們倆個結合在一起，互爲呼應，對您對我和孟森都是很大的威脅。」

這個威脅張琳已經切實的感受到了，金達和孫守義的結合有一加一大於二的效果。原本孫守義沒來海川的時候，金達一個人無法跟他對抗。孫守義來了之後，兩個人就有了對抗的實力了，因此把這兩人拆開就很必要了。

張琳便也有想趕走其中一個的想法，他看了看束濤，說：「說吧，你想要趕走誰？」

束濤回答說：「孫守義背後的來頭太大，也沒什麼把柄被我們抓到，想動他不太容易。倒是金達可能還有機可趁。張書記，你還記得你跟我說的金達老婆跟那家雲龍公司的事嗎？」

張琳點點頭說：「我記得，當時你不是說，萬菊從雲龍公司只是拿了點土產什麼的嗎？這種小事你想拿來作為擠走金達的武器，恐怕是不行的。你不會是又掌握了什麼新的情報吧？」

束濤說：「這倒是沒有，不過我想肯定不止土產那麼簡單。萬菊給雲龍公司做顧問，等於是給雲龍公司打上了金達的印記，雲龍公司現在在海平白灘那邊搞了不少的別墅，美其名曰低密度住宅。張書記，國家現在是嚴禁蓋別墅的，雲龍公司敢頂風而上，恐怕與金達的保護有關。從這方面入手，我想會找到突破口的。」

張琳不以為然地說：「束濤，你不能就這麼想當然啊，別墅的事，如果沒什麼確鑿的證據把金達跟他們扯上關係，你就是把事情揭發了，也傷不到金達一根汗毛的。」

束濤恨恨地說：「我不相信金達就跟這件事一點干係都沒有，我有個辦法能夠查證一下，不過需要張書記您出面。」

張琳問：「你想要我做什麼？」

束濤說：「這件事別人不清楚，海平區的區長不能不清楚啊，您是不是可以試探一下海平區區長陳鵬啊，看看能不能從他的嘴裏套出點什麼來？」

張琳也曾打過陳鵬的注意，但是後來因爲陳鵬是金達的直屬部下，跟他往來並不密切，也就放棄了，此刻束濤再次提起他，張琳的心思又開始活動了，也許是該把陳鵬找來問一問。

不過他擔心陳鵬不一定會告訴自己實情，就對束濤說：「陳鵬我是能找來，但是我擔心他不會跟我說實話的。」

束濤笑說：「張書記可以讓他願意說實話啊，您可是掌握著海川的用人權的，您給陳鵬點甜頭，還怕他不老老實實的聽您的嗎？」

張琳猶豫了半天，說：「這件事，我考慮考慮吧。」

束濤有點急了，心說：難怪這個張書記不得領導們的歡心，就他做事這種沒有魄力的樣子，換了哪個領導都會對他有意見的。他便說道：「張書記，怎麼還需要考慮啊，您沒看到金達已經慢慢坐大了嗎，再考慮下去，海川恐怕就沒有您的立足之地啦。」

張琳瞪了束濤一眼，說：「胡說八道，有我在海川，金達就別想坐大。我說考慮考慮，並不是我不想做這件事，而是金達現在是省委、省政府的紅人，我如果針對他，等於是同時開罪省委和省政府，我怕到時候金達沒完，我倒先完蛋了。」

束濤存心挑撥地說：「可是您就不擔心金達這麼紅，省委會趁熱打鐵把您搬開，把金達扶正嗎？」

張琳自覺這種可能性雖然存在，但不會馬上就變爲現實的，便搖搖頭說：「省委應該不會這麼考慮的。行了，束濤，你還是沒懂我的意思啊，我不是不想整金達，而是眼下這個時機不對，時機不對，貿然行動，恐怕得不償失啊。」

束濤卻說：「張書記，我倒不覺得時機不對，金達正走紅運不假，但是也有句老話叫做物極必反，古往今來，多少官員都是紅到極點的時候倒楣的？人紅其實是要倒楣的前兆，紅過頭就要發黑了。我覺得現在才正是打擊金達的合適時機。」

束濤雖然說的不錯，但是張琳還是沒有被說服，他不想搭上自己的政治前途來陪金達玩這一把。他明白舉報違規的行爲是一把雙刃劍，往往在除掉對手的同時，也會惹得別的官員對他的不滿。

張琳便擺了擺手說：「好啦，你別心急，給我點時間，讓我考慮一下好不好？我需要醞釀一下，什麼時機比較合適，怎麼出手才不會傷到自己。你先回去吧。」

束濤看張琳已經是滿臉倦容，知道再糾纏下去，不但說服不了他，甚至會惹起張琳的反感，便知趣的說：「行，那您休息，我走了。」

雖然張琳因為有所顧慮，暫時把對付金達的事放了下來，但不代表他的對手也把對付他的舉措給放了下來。孫守義就是如此。

時間一天天的過去，孫守義開始對新來的公安局長姜非有所不滿了，他之所以把姜非弄到海川來擔任公安局長，就是爲了對付孟森。但是姜非來海川後，一直藉口不熟悉情況，沒有採取任何行動。這對期待姜非能拿出立竿見影舉措的孫守義來說，是很失望的。

等待是一種折磨，這種折磨讓孫守義心底壓抑著的火氣不斷地膨脹，終於到了要爆發的邊緣，他就直接打了電話給姜非。

孫守義開門見山地說：「姜局長，你來我們海川可是有點時間了吧？不知道你忘沒忘記我們在省城見面談的事情啊？」

姜非回答說：「孫副市長，這件事我一直放在心上呢，但是目前掌握的情況還不足以對孟森採取行動。」

孫守義聽了，越發的不滿，說：「姜局長，都這麼久你還沒掌握到足夠的情況啊？到底是什麼樣的程度才是你認爲足夠了的情況啊？」

姜非聽出了孫守義話裏的不滿，但他想要的是完美的結果，要達到完美，就不能輕敵冒進，他不想因爲孫守義著急，就馬上採取行動。於是解釋說：「孫副市長，我的意思是說，現在掌握的情況不是不能採取行動，但要想把主犯也收到網中似乎還嫌不足，所以我覺得還是應該再等等。」

孫守義催促說：「我不能再等下去了，姜局長，你到海川來，很多市民都對你抱著很大的期待，你應該快點做出行動來，而不是不動如山。這樣子下去，市民對你會很失望的。」

姜非爲難地說：「可是……」

孫守義沒讓姜非說下去，直接打斷了他的話，說：「別可是了，你再這麼可是下去，我都要懷疑選你來做這個公安局長是不是合適了。資料不足可以在行動中補足嘛。」

姜非遲疑了一下，心知孫守義急於看到成績，再拖下去，恐怕對他的不滿會更加深，也只有勉爲其難了，便說：「那我跟唐政委商量一下行動方案。」

孫守義這才滿意地說：「行，我期待你交出一份亮眼的成績單。」

請續看《官商鬥法》Ⅱ6 空手套白狼

官商鬥法Ⅱ 五 驚傳黑名單

作者：姜遠方
發行人：陳曉林
出版所：風雲時代出版股份有限公司
地址：105台北市民生東路五段178號7樓之3
風雲書網：http://www.eastbooks.com.tw
官方部落格：http://eastbooks.pixnet.net/blog
Facebook：http://www.facebook.com/h7560949
信箱：h7560949@ms15.hinet.net
郵撥帳號：12043291
服務專線：(02)27560949
傳真專線：(02)27653799
執行主編：朱墨菲
美術編輯：風雲時代編輯小組

法律顧問：永然法律事務所 李永然律師
北辰著作權事務所 蕭雄淋律師

版權授權：蔡雷平
初版日期：2016年5月
初版二刷：2016年5月20日
ISBN：978-986-352-294-2

總 經 銷：成信文化事業股份有限公司
地　　址：新北市新店區中正路四維巷二弄2號4樓
電　　話：(02)2219-2080

行政院新聞局局版台業字第3595號 營利事業統一編號22759935

定價：280元　　特惠價：199元

國家圖書館出版品預行編目資料

官商鬥法Ⅱ / 姜遠方 著. -- 初版. -- 臺北市：
風雲時代，2016.01 -- 冊；公分

ISBN 978-986-352-294-2（第5冊；平裝）

857.7　　104027995